Monja Schneider

# Die Gebeine von

**Impressum**

Bibliografische Information der Deutschen Nationalbibliothek:
Die Deutsche Nationalbibliothek verzeichnet diese Publikation in der Deutschen Nationalbibliografie; detaillierte bibliografische Daten sind im Internet über http://dnb.dnb.de abrufbar.

© 2019 Monja Schneider

Herstellung und Verlag:

BoD – Books on Demand, Norderstedt

Cover: selfpubbookcovers.com/thrillerautor

ISBN: 978-3-743174955

# INHALTSVERZEICHNIS

| | |
|---|---|
| **KAPITEL 1** | 7 |
| **KAPITEL 2** | 27 |
| **KAPITEL 3** | 49 |
| **KAPITEL 4** | 65 |
| **KAPITEL 5** | 89 |
| **KAPITEL 6** | 109 |
| **KAPITEL 7** | 125 |
| **BONUS** | 157 |
| **MARIOS VORGESCHICHTE** | 159 |

-

# KAPITEL 1

»Sie wollen was?!« Hauptkommissar Henrich Hansen hatte noch nicht einmal seine erste Tasse Kaffee getrunken und sein Kollege erschreckte ihn mit solchen Neuigkeiten. Sie saßen im Büro, Hansen starrte sein Gegenüber an. »Sie wollen mich verlassen? Sind Sie in dieser Midlife-Crises oder was? Und was heißt das überhaupt: nach Berlin oder Wiesbaden? Überlegen sie sich erst einmal, was sie wollen!«

»Es gab doch neulich in den Hausmitteilungen diese Ausschreibung. Ein Kollege vom Bundeskriminalamt möchte sich hierher versetzen lassen. Seine Mutter ist wohl bei einem Autounfall ums Leben gekommen und er muss für seinen kleinen Bruder sorgen oder so. Hat Herr Conradt gemeint. Deshalb braucht er dringend einen Tauschpartner. Ob ich dann nach Berlin oder Wiesbaden kommen würde, ist noch offen. Der Kollege ist wohl in Berlin eingesetzt. 'Internationale Verbindungen' oder so. Dazu fehlt mir natürlich die Qualifikation. Ich müsste nehmen, was ich bekomme, das muss dann intern geregelt werden.«

»Bundeskriminalamt!« Hansen schnaubte. »Was wollen Sie denn da? Ist Ihnen wohl zu klein geworden, hier. Glauben Sie ernsthaft, da ist es aufregender als in unserer Kreisstadt? Die Welt ist überall gleich, sage ich Ihnen!«

»Herr Hansen, ich bin 42 Jahre alt. Das ist vielleicht meine letzte Chance, etwas in meinem Leben zu verändern.«

»Warten Sie noch ein halbes Jahr und sie werden mein Nachfolger! Und Hauptkommissar. Was wollen Sie denn noch mehr? Nur, weil Ihre Frau sich von Ihnen getrennt hat?«

»Ja, auch … ich möchte einfach heraus aus diesem Nest.«

»Aber doch nicht kurz bevor ich in Rente gehe. Über 15 Jahre sind wir schon Kollegen.« Er sprang auf und lief in seinem Büro auf und ab. Ein helles Büro, ausgeleuchtet mit Neonlampen. Die Möbel aus den 80er Jahren abgenutzt, aber noch funktionsfähig. Die modernen Computer wirkten ein wenig fehl am Platz. Doch Chef Conradt legte Wert auf solchen modernen Kram. Hansen hätte darauf verzichten können.

»Tut mir leid, Herr Hansen!«

»Tut es nicht! Lügen Sie mich nicht an … Sie denken nur an sich und wahrscheinlich haben Sie recht.« Er ließ sich wieder auf seinen Stuhl fallen. »Und ich kann mich in Zukunft mit so einem Typen vom Bundeskriminalamt herumschlagen.«

»Nun, noch ist ja nicht das letzte Wort gesprochen. Ich habe nur mein Interesse bekundet. Wer weiß, ob ich überhaupt genommen werde.« Hansen brummte nur.

Später, als Müller in der Mittagspause war, öffnete er dieses Internet. Vor einigen Wochen hatte es diesen tödlichen Verkehrsunfall gegeben. Die Zeitungen waren voll davon gewesen. So ruhig war es hier in der beschaulichen Kreisstadt, dass so etwas die Schlagzeilen füllte. Davon würde Müller in Berlin nur träumen können. Ah, ja, hier war es. Ilse Bertollini war ums Leben gekommen und hinterließ einen 16jährigen Sohn. Bertollini??? Die Seite des Bundeskriminalamts im Intranet, das Telefonverzeichnis. Richtig, es gab einen Bertollini beim Bundeskriminalamt. 'Bertollini, Mario, Abteilung EU und internationale Zusammenarbeit.' Das musste dieser Kerl sein! Bertollini – ein Ausländer, ein Italiener. Auch das noch! Ihm, Henrich Hansen, blieb auch nichts erspart. Und das nur wenige Monate vor der Rente.

Einen Anruf bei seinem alten Freund und Kollegen und eine Mail später hatte er das Profil dieses Italieners vorliegen. Mario Bertollini, 27 Jahre alt, war im Alter von 10 Jahren mit seiner Mutter aus Italien nach Deutschland gekommen.

Mit 19 hatte er seine Ausbildung zum Kommissar beim Bundeskriminalamt begonnen. Seine Noten waren durchschnittlich. Einzig was die Sprachen und die sportlichen Bereiche anging, waren sie hervorragend. Er sprach wohl Italienisch und Deutsch fließend, Englisch auf C1-Niveau, wenn man diesem Profil glauben konnte. Aber schreiben konnte man viel, vor allem in diesen Computern. Hansen schnaubte, als er das Internet schloss und sich seiner Zeitung und dem Wurstbrot zuwandte, das Elisabeth ihm heute Morgen eingepackt hatte.

**Vier Monate später:**

»Ich wünsche dir einen schönen Tag! Pass auf dich auf!« 36 Jahre war Elisabeth Hansen mit Henrich verheiratet, 36 Jahre verabschiedete sie ihn mit denselben Worten und küsste ihn auf die Wange. Er hatte sich verändert. In den ersten Jahren hatte er stets ihren Kuss erwidert, ihr versichert, dass er sie liebe. Heute brummte er nur noch. »Und sei nett zu deinem Kollegen! Er hat es nicht leicht. Ich finde es bewundernswert, dass er solch eine Verantwortung auf sich genommen hat.« Wieder nur ein Brummen und etwas, das nach ‚Möchtegern-Superpolizist' und ‚Besserwisser' klang. Sie sah ihm nach, bis der Wagen um die Ecke gebogen war.

Alles war wie immer, als Bianca von Mühlfeld an diesem Morgen aus dem Haus trat. Still war es auf dem Weg zu den Ställen. Nur der Gesang der Vögel. Bianca genoss diese Ruhe des frühen Morgens, wenn noch keiner der Angestellten eingetroffen und sie alleine mit den Tieren war. Sie war stets die erste, die das Tor des Stalles zur

Seite schob. Die Hunde rannten ihr entgegen, schwanzwedelnd. Sie streichelte ihnen über den Kopf und kraulte sie. Dann schritt sie durch die Gasse zwischen den Boxen, ging zu jedem Pferd hin, strich ihm über die Nüstern und verteilte Leckerlis.

»Guten Morgen, Stella, Guten Morgen, Chanel, guten Morgen, Windfee, guten Morgen Freja … Was ist denn mit dir los?« Die Fuchsstute drängte sich an die Boxentür. Bianca blickte hinter sie. Die Leckerlies fielen zu Boden.

»Willst Du etwa damit sagen, ich sei senil?! Das war kein Unfall. Wo ist das Telefon? Entweder du rufst jetzt die Polizei oder ich tue es.« Baron von Mühlfeld erhob sich mühsam. Seine Schritte waren langsam geworden, er spürte es selbst. Lange schon konnte er nicht mehr so energisch wie früher über das Gestüt herrschen. Aber das zugeben? Nein, niemals! Seine Entschlusskraft hatte er nicht verloren. Sein Stock schlug auf das Intarsienparkett, immer wieder.

»Nun, ob Unfall oder nicht … da es kein natürlicher Tod war, müssen wir die Polizei auf jeden Fall verständigen.« Der Arzt der Familie versuchte, die Gemüter zu beruhigen.

»Ich gehe ja schon …« Karin von Mühlfeld eilte davon.

»Und rufe auch gleich deinen Mann an. Und Clarissa! Und Johann, diesen Nichtsnutz! Ich will sie alle hier haben, alle!«

»Aber Hagen hat heute eine wichtige Besprechung. Und Johann ist in München, das sind hunderte von Kilometern.« Ein Blick aus seinen Augen, ein Schlagen seines Stockes. »Ist ja gut, Onkel Rupert, ich tue alles, was du sagst. Aber bitte, beruhige dich. Denke an dein Herz.« Sie nahm den Hörer in die Hand und wählte.

»Mache dir keine Sorgen um mein Herz! Dem geht es bestens! Besser, als es euch allen lieb ist!«, brummte der alte Baron.

»Rasen Sie nicht so! Wir sind hier nicht bei einer ihrer Verfolgungsjagden. Wir fahren zu einem Tatort und die Leiche rennt uns nicht weg.« Oberkommissar Mario Bertollini presste die

Lippen zusammen und schaltete einen Gang zurück. Drei Monate musste er Hauptkommissar Henrich Hansen nun schon ertragen. Vier weitere standen ihm bevor, bis Hansen in Pension ging. 'Haben Sie Geduld mit ihm, er ist ein alter Mann und hat so seine Marotten.', hatte ihm Kriminaldirektor Conradt bei ihrem ersten Gespräch gesagt. 'Er war und ist ein wirklich guter Polizist, da drücken wir alle das ein oder andere Auge zu. Es sind ja nur noch ein paar Monate.' Hatte er, Mario Bertollini, dafür eine Ausbildung beim Bundeskriminalamt gemacht? Und was hatte Hansen nur für Vorstellungen von seiner früheren Arbeit? Mario war den ganzen Tag an seinem Schreibtisch gesessen, acht Stunden, fünf Tage in der Woche. Von seinem großen Traum war er noch meilenweit entfernt gewesen. Als Verbindungsmann des BKA in Rom arbeiten. Oder als verdeckter Ermittler gegen das organisierte Verbrechen kämpfen. Ein einziges Mal hatte er aufgrund seiner Sprachkenntnisse an einer solchen Aktion teilnehmen dürfen. Er dachte nicht gerne daran zurück, auch wenn sie erfolgreich gewesen war. Dass Mamma ausgerechnet in dieser Zeit … keiner hatte es ahnen können. Dennoch, er würde es jederzeit wieder genauso machen. Hoffentlich dankte Luca ihm irgendwann, dass er all das aufgegeben hatte.

»Vorsicht! Passen Sie doch auf!« Hansens Stimme riss ihn aus seinen Gedanken. Mario trat auf die Bremse. Wo war diese Schafherde hergekommen? Was tat er nur in diesen Kuhdörfern?

Eine Allee führte zum Herrenhaus des Gestüts. Ein dreistöckiges Gebäude, gelb gestrichen, mit weißen Fensterbänken und -rahmen. Die Olivenbäume und Palmen in den Terrakottakübeln erinnerten Mario an Italien. Auf der breiten Eingangstreppe kam ihnen eine Frau mittleren Alters entgegen.

»Lassen Sie mich reden!«, brummte Hansen. Wieder presste Mario die Lippen zusammen. Aber er wollte keinen Streit mit dem Kollegen anfangen, der bald nicht mehr sein direkter Vorgesetzter sein würde. Das war es nicht wert.

»Guten Tag, ich bin Karin von Mühlfeld.« Die Dame reichte ihnen die Hand. »Sie sind die Herren Kommissare? Ihre Kollegen sind im Stall. Kommen Sie mit, ich zeige Ihnen den Weg.« Sie ging über einen Kiesweg voraus. »Sie müssen entschuldigen, der Onkel meines Mannes …« Karin senkte die Stimme. »Er ist felsenfest davon überzeugt, dass es kein Unfall war. Noch nicht einmal unser Arzt konnte ihn vom Gegenteil überzeugen. Er ist … nun, Sie werden ihn ja gleich selbst kennenlernen.«

»Da sind Sie ja endlich!« Ein weißhaariger Mann kam ihnen in der Stallgasse entgegen, auf seinen Stock gestützt, ein wenig gebeugt. Seine Stimme passte nicht zu seinem gebrechlichen Äußeren. »Ich warte schon seit einer Stunde! Wie können Sie es wagen, einen Baron von Mühlfeld warten zu lassen? Und diese einfachen Grünen vorzuschicken?«

»Baron von Mühlfeld, wir sind so schnell gekommen, wie es diese Straßen erlaubt haben! Und im Übrigen bevorzugen oder benachteiligen wir niemanden!«, wagte Mario zu erwidern.

»Seien Sie still!« Hansen knurrte leise. »Ich habe gesagt, dass Sie mich reden lassen sollen.« Er wandte sich dem Baron zu. »Baron von Mühlfeld, ob adelige Leiche oder nicht, wir kommen so schnell wie möglich. Und was die Beleidigung meiner Kollegen in Uniform angeht, so habe ich sie ausnahmsweise überhört. Aber nur das eine Mal!« Die beiden älteren Herren musterten sich gründlich. »Gut, wenn das geklärt ist, können wir mit unserer Arbeit beginnen. Ich bin Hauptkommissar Henrich Hansen, das ist mein Kollege Mario Bertolli.«

»Bertollini«, warf Mario ein. Hansen beachtete ihn nicht. Baron von Mühlfeld musterte ihn dagegen umso grünlicher.

»So? Lassen die jetzt sogar die Mafia bei der Polizei arbeiten?« Mario war solche Sticheleien gewöhnt. Menschen wie dieser alte Mann konnten noch nicht einmal ansatzweise erahnen, wie gefährlich die Mafia wirklich war, auch hier in Deutschland. Meist ließ er die Bemerkungen nicht an sich heran. Meist, doch heute schaffte er es nicht. Es war schon schlimm genug, dass Hansen seine schlechte Laune wieder an ihm ausließ. Er atmete tief durch, wandte sich ab und lief weiter in den Stall hinein. Groß und geräumig war er, hell, durch die Dachfenster. Sehr sauber, auch wenn er heute noch nicht ausgemistet worden war. Die Pferde liefen in den Boxen auf und ab, scharrten mit den Hufen, schnaubten. Eine Box stand leer. Nils und sein Team von der Spurensicherung packten bereits ihre Sachen zusammen.

»Wie sieht es aus?«, fragte Mario nach einer kurzen Begrüßung.

»Ich muss meinem Kollegen zustimmen«, klang es aus der Pferdebox hervor. »Alles deutet auf einen Unfall hin. Das Pferd hat ausgeschlagen und sie am Hinterkopf getroffen.« Doktor Krauß, die Pathologin, richtete sich auf. »Sehen Sie hier, diese halbkreisförmige Wunde? Das weist auf ein Hufeisen hin. Ich werde natürlich noch weitere Untersuchungen ...«

»Das war kein Unfall!« Der Baron wetterte. »Das war ganz sicher kein Unfall. Die haben meine Verlobte umgebracht!« Verlobte? Mario blickte in die Pferdebox. Die Tote lag auf der Seite. Kurze schwarze Haare, dicht, blutverschmiert. Ihr schlanker Körper steckte in Reitkleidung.

»Dolores Rodriguez da Silva, 34 Jahre alt«, erklärte Krauß.

»Was gibt es da zu erzählen?« Hansen drängte sich dazwischen. Hinter ihm stakste der Stock des Barons. Mario seufzte und sah sich um. Der Stall hatte ein zweites Tor. Hufe klangen auf dem Kopfsteinpflaster. Eine junge Frau führte eine Fuchsstute auf und ab, redete beruhigend auf sie ein. Er trat hinaus. Ein großer Hof, rechts weitere Stallungen, links eine Reithalle, alle Gebäude gemauert aus roten Ziegelsteinen. Einige Hunde hatten es sich unter dem Dach bequem gemacht, Boxer, Schäferhunde, Dobermänner. Daneben ein Parkplatz, eine Reihe mit Pferdetransportern. Eine schmale geteerte Straße trennte die Anlagen von umzäunten Weiden. Die junge Frau starrte zu ihm herüber, er spürte es. Hübsch war sie, mit ihren langen dunkelblonden Haaren, die sie zu einem Pferdeschwanz zusammengebunden hatte. Sie war nicht groß, wirkte zierlich, auch wenn sie weite Arbeitskleidung trug.

»Sind Sie einer der Kommissare?«

»Ja, woran erkennen Sie das?« Er lachte sie an und schritt zu ihr hinüber. Ein Lächeln huschte über ihr ernstes Gesicht.

»Nun, Sie sehen so aus …« Ihr prüfender Blick war nicht so unangenehm wie der des alten Barons.


Schlank war er, der Herr Kommissar, groß, sportlich. Gut sah er aus, mit seinen tiefliegenden braunen Augen und den dunklen welligen Haaren. Schwarze Jeans, weißes Hemd, schwarze Lederjacke. Aber nicht so eine Jacke, wie sie diese Motorradfahrer immer trugen, mit Nieten und Reißverschlüssen, nein, richtig elegant sah sie aus. Ob er darunter seine Pistole trug, wie man das im Fernsehen immer sah?

»Oberkommissar Mario Bertollini.« Er reichte ihr die Hand.

»Mühlfeld, Bianca von Mühlfeld … ich …« Wohin hatten sich ihre Gedanken verstiegen? Sie ließ sich doch sonst nicht von Schönlingen beeindrucken. Und das in dieser Situation. Der Schock, das war sicher der Schock. Tränen schossen in ihre Augen. Sie versuchte, sie wegzuwischen, ruhig zu atmen. Es gelang ihr nicht. »Ich habe die Tote ge-funden.« Sie klammerte sich am Halfter fest. Freja blieb brav neben ihr stehen.

»Das tut mir leid.« Er reichte ihr ein Taschentuch. »Stand Ihnen die Tote sehr nahe?«

»Nun … sie wäre bald meine Großtante geworden … hört sich lächerlich an, ich weiß … eine Frau, die gerade einmal zehn Jahre älter ist. Aber irgendwie hat sie es geschafft, Onkel Rupert um den Finger zu wickeln … dabei war sie nur eine Putzfrau.« Sie schnäuzte sich die Nase. »Leiden konnte ich sie nicht wirklich. Keiner mochte sie. Außer Onkel Rupert natürlich … aber er ist 79, sie 34, stellen Sie sich das vor … die ganze Familie war geschockt. Aber trotzdem … keiner hat es verdient, umgebracht zu werden.« Sie gab es auf, die Tränen zurückhalten zu wollen und schluchzte.

»Nun, Unfälle geschehen immer wieder …«

»Das war kein Unfall!« Sie straffte sich, blickte Mario in die Augen. »Das war ganz sicher kein Unfall. Freja ist das friedlichste Pferd auf der Welt! Dolores hätte sich noch so dumm anstellen können, Freja hätte nie gebockt oder ausgeschlagen!«

»Nun, sowohl der Hausarzt als auch die Gerichtsmedizinerin …«

»Ich weiß, was alle sagen. Aber Onkel Rupert hat recht! Das war kein Unfall. Auch wenn ich mir nicht vorstellen kann, dass jemand von hier etwas so Schreckliches tut.«

»Nun …« Was, wenn sie recht hatte? Mario dachte nach, erinnerte sich. »Das Stroh in der Box, wurde etwas daran verändert?«

»Ich habe Freja herausgeführt. Danach waren nur noch die Ärzte bei Dolores. Und ihre Kollegen natürlich.«

»Wenn das Pferd ausgeschlagen hätte, Frau Rodriguez da Silva vielleicht noch versucht hätte, auszuweichen … das Stroh hätte erheblich aufgewühlter sein müssen.«

»Das stimmt … Sie haben recht …«

»Bertolli! Kommen Sie sofort her!« Hansens Stimme unterbrach sie. Mario blickte Bianca noch einmal kurz an. »Sind die Hufe auf Blutspuren untersucht worden?«

»Nein, warum denn das?«

»Bertolli!«, rief Hansen erneut. Mario seufzte.

»Ich sollte eigentlich nicht auf ihn hören, bis er es endlich lernt … ich werde alles veranlassen!« Er schritt hinüber zu Hauptkommissar Hansen, der im Tor des Stalles stand.

»Haben Sie nichts Besseres zu tun, als mit jungen Frauen zu flirten?« Hansen maulte ihn an. »Sie sind zum Arbeiten hier, nicht zum Vergnügen! Und unsere Arbeit ist erledigt. Zwei Ärzte sind der Meinung, dass es ein Unfall war. Da kann dieser alte Baron von Mord sprechen, soviel er will.« Er lief voraus, die Stallgasse entlang. Die Beamten der Spurensicherung und Doktor Krauß packten immer noch ihre Sachen zusammen. Karin von Mühlfeld und der alte Baron waren nicht zu sehen.

»Es ist nicht sicher, dass der Fundort auch der Tatort ist!«

»Was?!« Hansen blieb stehen, wandte sich zu Mario um.

»Wenn das Pferd ausgeschlagen hätte, läge das Stroh nicht glatt in der Box. Und ich habe eine Zeugenaussage, die bestätigt, dass Freja, also das Pferd, ein ruhiges, friedliches Tier ist, das keinem Menschen etwas antun würde.«

»Eine Zeugenaussage, so so! Hat Ihnen das Häschen etwas geflüstert?«

»Keiner hat daran gedacht, die Hufe des Pferdes anzusehen.« Mario ging nicht auf den Spott ein. »Wenn Blutspritzer daran oder an den Beinen des Tieres festgestellt werden, dann war es ein Unfall. Wenn nicht, dann müssen wir davon ausgehen, dass ein Gewaltverbrechen vorliegt und der Körper der Toten nur in der Box abgelegt wurde, um einen Unfall vorzutäuschen.«

»Sie denken also, Sie wüssten alles besser und würden mich nicht mehr brauchen. Aber noch bin ich hier der Chef!« Hansen wandte sich zum Gehen.

»Bitte, Herr Hansen, einen Versuch ist es wert. Und dieser nervensägende Baron kann uns nicht vorwerfen, dass wir nichts unternommen hätten.« Ein Brummen, Hansen wandte sich wieder Mario zu.

»Gut, tun Sie, was Sie nicht lassen können!«

»Danke, Herr Hansen!« Mario blickte zum Leiter der Spurensicherung. »Nils, hilfst du mir bitte?« Die beiden hatten schon das ein oder andere Bier miteinander getrunken und waren per Du. »Das Pferd draußen im Hof …« Gemeinsam gingen sie hinaus, Hansen folgte ihnen. »Untersuchst du auch gleich das, was immer an den Hufen hängt?«

»Und wie soll ich da dran kommen?« Nils Maier war bisher noch nicht in die Verlegenheit gekommen, ein Pferd untersuchen zu müssen.

»Sie müssen das Bein streicheln … vorne … und dann anheben …« Bianca, versuchte, es ihm zu erklären. Mario trat an ihre Seite und nahm ihr den Halfter ab.

»Ich halte Freja, heben Sie die Hufe an. Dann kann Herr Maier in Ruhe seine Arbeit machen.« Sie blickte zu ihm auf und nickte. Blaue Augen, leuchtend wie der Himmel der Toskana. Er wich ihrem Blick aus, strich dem Tier über die Nüstern und redete beruhigend auf es ein.

»Sie kennen sich mit Pferden aus?«, fragte Bianca, während sie den ersten Huf anhob. Mario nickte.

»Ein wenig. Mein Onkel hatte ein Landgut in den Bergen der Toskana. Nun, ich denke, er hat es immer noch … aber ich habe keinen Kontakt mehr. Er hatte auch einige Pferde. In den ersten Jahren meines Lebens war ich jeden Sommer wochenlang dort.«

Bianca blickte zu ihm auf. Kommissar Bertollini starrte an Freja vorbei. Seine Gedanken schienen in weite Ferne gewandert zu sein.

»Frau von Mühlfeld, wir könnten zum nächsten gehen.« Nils Maier unterbrach ihre Gedanken.

»Oh, Verzeihung.«

»Wird das heute noch etwas?« Hansen drängelte. Marios Blick wanderte in die Richtung, aus der die Stimme gekommen war. Und er staunte. Der Hauptkommissar stand zwischen den Hunden, streichelte sie, redete mit ihnen. Noch nie hatte Mario erlebt, dass Hansen so nett mit Menschen umgegangen wäre.

»Fertig!« Nils Maier richtete sich auf. Alle blickten ihn gespannt an. »Kein Blut an den Hufen oder sonstwo.«

»Und keine Zweifel?«

»Nun, ich muss natürlich noch die Abstriche und Proben untersuchen, aber zu sehen ist nichts. Es war kein Unfall. Zumindest keiner, an dem dieses Pferd beteiligt war.«

# KAPITEL 2

»Ich habe es gesagt, ich habe es die ganze Zeit gesagt!« Der Stock des alten Barons schlug auf den Marmor der Eingangshalle. »Meine Dolores wurde ermordet!«

»Baron von Mühlfeld.« Hansen räusperte sich. »Können wir uns ein wenig unterhalten? Ich müsste ... nun, wir benötigen einige Informationen über Frau Rodriguez da Silva. Ob sie Feinde hatte und all das ...« Baron von Mühlfeld brummte etwas Unverständliches und winkte.

»Kommen Sie mit in den blauen Salon. Karin, sorge dafür, dass die Herren Kommissare und ich Kaffee bekommen.«

»Willst du wirklich Kaffee trinken, Onkel Rupert? Der Arzt sagte doch ...«

»Weißt du, was der Arzt mich mal kann?! Ich will jetzt einen Kaffee. Und danach einen Whiskey!« Karin wurde ein wenig rot und eilte davon. »Ich weiß bis heute nicht, was mein Neffe an dieser pummeligen Pute findet!«, brummte Rupert ihr hinterher. Dann wandte er sich an die Kommissare. »Nehmen Sie Platz meine Herren.« Er wies auf das Sofa und ließ sich auf einen Sessel nieder. »Was kann ich dafür tun, damit dieser feige Mord aufgeklärt wird?«

»Erzählen Sie uns von Ihrer Verlobten.«

»Dolores … Sie hat sich hier beworben, als die Frau meines Neffen eine neue Putzfrau gesucht hat. So kam sie in unser Haus. Und so habe ich sie kennengelernt. Ich weiß, was alle denken. Ein alter Schwerenöter, der sich eine junge Frau angelt. Und sie ist nur hinter dem Geld her. Aber so war es zwischen uns nicht! Wir haben uns wirklich geliebt. Sie war begehrenswert, ja. Und auch ein alter Mann wie ich hat Bedürfnisse, die sie stillen konnte. Aber wir haben auch stundenlang Musik gehört; Opernarien, Klavierkonzerte. Sie war klug, gebildet. In Spanien hat sie an der Hochschule Kunstgeschichte studiert. Sie hat dort keine Arbeit gefunden und kam nach Deutschland. Das ist alles, was ich von ihr weiß. Feinde? Das kann ich mir nicht vorstellen, das kann ich mir einfach nicht vorstellen.«

»Wann haben Sie sie zuletzt gesehen?«

»Das war gestern Abend, beim Abendessen. Danach hat sie mich in mein Wohnzimmer begleitet. Wir haben die Nachrichten angesehen. Aber dann wollte sie ins Bett. Sie sagte, sie habe Kopfschmerzen. Warum also hätte sie noch einmal in den Stall gehen sollen? Das war Mord, feiger, hinterhältiger Mord!« Er schwieg, als Karin von Mühlfeld mit einem Tablett ins Zimmer trat. Hansen blickte zu Mario und deutete mit einer knappen Kopfbewegung an, dass er mit ihr hinausgehen solle. Mario erhob sich.

»Frau von Mühlfeld, ich muss Ihnen einige Fragen stellen«, begann er, nachdem sie die Tür zum blauen Salon geschlossen hatte. »Können wir uns irgendwo in Ruhe unterhalten?«

»Ja natürlich, kommen Sie.« Sie führte ihn über die breite Treppe in den zweiten Stock und öffnete eine der Türen. »Hier, unser Wohnzimmer. Also das von meinem Mann und mir … unsere Tochter hat eine eigene kleine Wohnung unterm Dach.«

»Ihre Tochter?«

»Ja … Sie haben sie schon kennengelernt. Bianca, die sich um das Gestüt kümmert. Und heute Morgen als erstes in den Ställen war und Dolores … nun, entdeckt hat.« Sie suchte ein Taschentuch und fuhr sich damit über die Augen. »Verzeihen Sie, das ist alles so schrecklich … Ein liebes, kluges Mädchen, unsere Bianca. Sie hat eine Ausbildung zur Pferdewirtin gemacht. Mit Bestnoten. Eigentlich sollte sie noch Betriebswirtschaft studieren. Ihr wird einmal das Gestüt gehören. Aber sie verschiebt das Studium immer wieder.« Sie zerknüllte das Taschentuch, zog es wieder auseinander, faltete es ordentlich. Mario unterbrach ihr Gerede nicht. »Sie hängt an den Pferden, wissen Sie. Die drei Jahre, die sie nicht hier war, waren schlimm für sie. Nun, wie kann ich Ihnen helfen?«

»Bianca, sie hat sich um das Gestüt gekümmert? Sie wollte nicht von hier weg?«

»Nun … ja … nein … warum?«

»Was wäre geschehen, wenn der Baron geheiratet hätte? Mit dem Gestüt?«

»Ehrlich gesagt, ich weiß es nicht … ich habe mich auch gar nicht um all das gekümmert. Ich sorge dafür, dass hier im Haus immer alles in Ordnung geht, die Angestellten ihre Arbeit richtig machen, das Essen pünktlich auf den Tisch kommt. Und der Onkel meines Mannes die nötige Pflege erhält. Er ist gebrechlicher, als er zugibt, müssen Sie wissen.«

»Ihr Onkel ist kein einfacher Mann.«

»Nein, er macht es keinem von uns leicht, mit seinen Launen.«

»Vor allem Ihnen nicht?«

»Nun, ich habe das meiste mit ihm zu tun … mein Mann führt die Werft der Familie, geht morgens früh aus dem Haus, kommt abends spät zurück.« Wieder zerknüllte sie das Tuch, wieder faltete sie es ordentlich. »Meine Schwägerin Clarissa, sie ist mit einem reichen Grafen verheiratet und lebt in der Nähe von Hannover. Sie lässt sich höchstens einmal im Monat sehen, die Madame. Und Johann, der Cousin der beiden, der Sohn von Hagens und Clarissas anderem Onkel, er kommt ab und an, fühlt sich verpflichtet, auch wenn er ständig Streit mit Onkel Rupert bekommt. Mehr Angehörige hat Onkel Rupert nicht mehr. Außer meiner Tochter und meinem Sohn natürlich. Aber Paul macht gerade ein Auslandssemester in Amerika. Er studiert, soll einmal die Werft führen ... so war es jedenfalls geplant.«

»Aber?«

»Es hat Streit gegeben ... neulich ... wegen dieser Hochzeit ... Onkel Rupert hat gedroht, dass er uns alle aus dem Haus wirft und sein Testament ändert, alles dieser Dolores vererben wird ...«

»Sie konnten sie nicht leiden?«

»Keiner konnte das! Sie hat zu Beginn einen netten Eindruck gemacht ... und konnte hervorragende Arbeitszeugnisse vorlegen ... aber vermutlich waren sie genauso falsch wie ihr angebliches Kunststudium, mit dem sie Onkel Rupert beeindrucken wollte. Als kleine Putzfrau hat sie angefangen. Und dann Onkel Rupert schöne Augen gemacht. Kaum hatte er sich mit ihr verlobt, hat sie auch schon begonnen, die anderen Angestellten herumzuscheuchen und sich wie die Herrschaft aufzuführen. Das alles natürlich so heimlich, dass Onkel Rupert nichts davon bemerkt hat. Ihm gegenüber hat sie immer die Nette, Sanfte gespielt.«

»Könnte ich …«

»Bertolli? Wo stecken Sie?!«, klang es aus dem Erdgeschoss herauf. Mario seufzte.

»Mein Kollege ruft.«

»Ihr Kollege ruft nach Ihnen? Ich dachte, Sie heißen Bertollini?«

»Ja, eigentlich schon – und vielleicht kommt der Tag, an dem Hauptkommissar Hansen das ebenfalls begreift.«


Hansen erwartete sie am Treppenabsatz.

»Wo treiben Sie sich herum, Bertolli?«

»Ich heiße Bertollini! Und sie hatten mich beauftragt, mit Frau von Mühlfeld zu sprechen. Genau das habe ich getan.«

»Ich habe aber nicht gesagt, dass Sie sich im Haus verstecken sollen! Kommen Sie ...'' Mario seufzte und schritt die Treppe hinab. Eine Diskussion war sinnlos. ,,Gehen wir ein wenig in den Garten!«

Eine breite Treppe führte von der Terrasse hinunter in einen Park. Rosenbüsche, in Form geschnittener Buchs.

»Und, haben Sie etwas herausgefunden?«

»Diese Dolores war wohl bei niemandem wirklich beliebt. Frau von Mühlfeld erzählte, dass sie als Putzfrau angefangen hat, doch sobald sie die Verlobte des Barons geworden war, hat sie die Angestellten drangsaliert. Und ich vermute, Karin von Mühlfeld ebenfalls, auch wenn sie das nicht zugegeben hat.«

»Davon hat der Baron nichts gesagt!«

»Nun, vor ihm hat sie wohl auch immer die liebevolle Kunstkennerin gespielt, was Karin von Mühlfeld ebenfalls nicht glaubt – und der Baron ist zu ihr auch nicht besonders freundlich.« Mario wartete auf eine Erwiderung, doch Hansen brummte wieder einmal nur vor sich hin. »Die Werft der Familie leitet Hagen von Mühlfeld, der Neffe des Barons. Dann gibt es noch Clarissa, Hagens Schwester und ein Cousin der beiden … doch sie lassen sich wohl selten hier sehen … ach ja, und es soll vor kurzem einmal Streit gegeben haben und der alte Baron hat wohl gedroht, das Testament zu ändern und alles Dolores zu vererben.« Das übliche Brummen. »Und, was haben Sie erfahren?« Keine Antwort.

»Lassen Sie uns zu den Ställen gehen, vielleicht gibt es etwas Neues«, war alles, was Hansen erwiderte.

Es gab nichts Neues. Nils Maier und seine Truppe packten heute schon zum zweiten Mal ihre Sachen. Der Leichenwagen war eingetroffen, der Dolores in die Pathologie bringen würde.

»Sie erhalten dann meinen Bericht, Herr Hansen, Mario.« Nils nickte ihnen zu.

»Von mir auch«, stimmte Doktor Krauß mit ein.

»Und was machen wir jetzt? Befragen wir die Angestellten?«

»Hmm – lassen Sie uns zurück ins Herrenhaus gehen. Da sehen wir weiter … das Zimmer dieser Dolores, oder die Räume, was auch immer, wir sollten sie uns ansehen …«

Der Baron hatte sich zur Ruhe gelegt, nach all der Aufregung. Karin von Mühlfeld hatte inzwischen ihren Mann verständigt. Und seine Schwester. Und Johann, den Cousin. Hagen und Clarissa würden zum Tee um 15.00 Uhr hier sein. Johann musste aus München anreisen, er würde erst morgen früh eintreffen.

»Wo hat Frau Rodriguez da Silva gewohnt?«

»Sie hatte Räume im Südflügel. Möchten Sie sie sehen?«

»Ja, bitte …«

Karin begleitete sie in die Räume: ein Schlafzimmer, ein Ankleidezimmer, ein Bad und ein Wohnzimmer mit Bücherregalen, einem Sofa, einem Sessel, einem Couchtisch, einem Schreibtisch. Das Bett im Schlafzimmer war ordentlich gemacht.

»War heute schon jemand hier in den Räumen? Eine der Angestellten, die geputzt oder das Bett gemacht hat?«

»Nein, den Dienstmädchen war es zu unheimlich, in die Zimmer zu gehen, keine wollte … und die Aufregung, es gab so viel anderes zu tun.« Mario sah sich um, während der Hauptkommissar sich mit Karin von Mühlfeld unterhielt. Zwei Sektgläser standen auf dem kleinen Tisch beim Sofa.

»Herr Hansen …«

»Ja, was gibt es?«

»Hier … offensichtlich waren die Kopfschmerzen doch nicht so schlimm.« Hansen warf nur einen kurzen Blick darauf.

»Ich brauche die Spurensicherung hier, sofort!« Mario nickte und zog sein Handy.

»Nils? Wo bist du gerade? … Nein, packe wieder aus, wir brauchen dich hier in ihrem Zimmer … komm einfach zum Haupteingang, ich hole dich ab ... oder nein, warte ...« Er blickte zu Karin. »Karin von Mühlfeld, sie kennt den Weg besser ...« Die nickte und eilte davon. Während sie warteten, sahen sie sich weiter um. Bildbände über verschiedene Künstler. War das mit der Kunstgeschichte doch nicht gelogen gewesen? Oder hatte sie sich diese Bücher nur angeschafft, um sich Wissen anzueignen? CDs von spanisch klingenden Musikern.

Hansen trat durch die Verbindungstür ins Schlafzimmer.

»Bertolli?«

»Bertollini!«

»Kommen Sie her! Die Terrassentür, war sie vorhin schon offen gewesen?«

»Ja, Karin von Mühlfeld hat uns bestätigt, dass noch niemand die Räume betreten hat.« Mario trat an Hansens Seite und blickte hinaus. Eine Treppe führte von der Terrasse hinab in den Park. Von dem breiten Hauptweg bog ein Kiesweg ab und führte zu einer Gruppe von Bäumen, durch die man rote Ziegelsteingebäude erblicken konnte.

»Die Stallungen ...«

»Genau! Möglich, dass der oder die Täter auf diesem Weg die Leiche beiseite geschafft haben. Falls diese Dolores hier getötet wurde.«

»Armer Nils.« Das Gelände musste gründlich abgesucht werden. Das bedeutete, keine Mittagspause für seinen Kumpel, vermutlich Überstunden. Und Hansen wollte den Bericht stets so schnell wie möglich auf dem Tisch haben. Sie alle hatten Anweisung, auf die Launen des alten Kommissars Rücksicht zu nehmen. Karin kam mit Nils Maier und einigen seiner Mitarbeiter zurück.

»Hier, das Gelände bis zu den Stallungen! Und die Gläser im Zimmer nebenan. Und überhaupt, schauen Sie sich genau um …« Hansen beschrieb einen umfassenden Bogen mit seinem Arm. »Wer wohnt in den umliegenden Zimmern? Und in den Zimmern darüber?« Er wandte sich an Karin.

»Nun, die Zimmer hier im ersten Stock stehen leer, Dolores wollte niemanden um sich haben. Darunter befinden sich Wirtschaftsräume, die Spülküche, der Waschkeller, solche Sachen. Im Stockwerk darüber haben wir Gästezimmer eingerichtet. Wenn ein Ball im Herrenhaus stattfindet, oder ein größeres Fest. Es gibt auch immer wieder Übernachtungsgäste.«

»Und ganz oben?« Hansen unterbrach ihre Mitteilungsfreude.

»Unterm Dach? Da hat Bianca ihre Wohnung. Ist das schlimm?« Hansen antwortete nicht, zog lediglich eine Augenbraue hoch.

»Das heißt noch gar nichts.« Mario versuchte, sie zu beruhigen. »Es ist lediglich so, dass wir noch einmal mit Ihrer Tochter sprechen müssen. Sie kann eine wichtige Zeugin sein.«

»Ja, aber das werden wir später machen! Das werde ich später machen, um genau zu sein. Jetzt habe ich Hunger. Wir fahren zurück und erledigen den ganzen Papierkram. Danach kommen wir wieder. Bitte sorgen Sie dafür, dass wir mit Ihren Angestellten sprechen können«, sprach Hansen bestimmt. Mario seufzte leise. Das bedeutete Überstunden. Er musste Luca eine SMS schreiben, dass es später werden würde. Einfach früher gehen? Das konnte er nicht. Und Hansen hatte ja recht, je länger sie warteten, desto eher würde eine Spur verlorengehen.

Keine Stunde später saß er an seinem Computer und tippte das Vernehmungsprotokoll. Er zögerte, löschte den letzten Satz. Ein wenig hatte er Bauchweh dabei, ja. Aber spielte es eine Rolle, dass Bianca das Gestüt liebte? Dass es einmal ihr gehören würde? Sie hatte Dolores gefunden. Sie war es gewesen, die behauptet hatte, es könne kein Unfall sein. Ohne sie hätten sie die Ermittlungen aufgegeben, noch ehe sie begonnen hatten. Diese zierliche Gestalt, Augen, so blau wie der Himmel … und wie sensibel sie mit dem Pferd umgegangen war … Konnte ein Mensch so abgebrüht sein? Einen Mord begehen und am nächsten Tag so tun, als sei nichts gewesen? Wider besseres Wissen unterschlug Mario den Teil der Aussage von Karin von Mühlfeld, der Bianca betraf.

»So ein Aufstand, nur wegen dieser Dolores. Als ob sie das verdient hätte.« Clarissa, Gräfin von Königsstein, lief im blauen Salon auf und ab, eine schlanke Dame mit langen brünetten Haaren, im schicken Kostüm, sorgfältig geschminkt, schmuckbehangen. Sie zog ihre Zigaretten aus der Handtasche.

»Hier wird nicht geraucht!« Der Stock des alten Barons schlug auf den Boden. »Noch ist das mein Haus!« Clarissa verzog den Mund und steckte die Schachtel wieder ein. Gisela, die Haushälterin, brachte ein Tablett mit Tee und Keksen. Sie hatten sich alle versammelt, der Baron, Hagen und Karin. Und auch Clarissa.

»Warum musste ich hierher kommen? Zwei Stunden Autofahrt, nur weil diese Dolores nicht in der Lage war, richtig mit einem Pferd umzugehen.«

»Ich verlange, dass du mit etwas mehr Respekt von meiner Verlobten redest! Es war kein Unfall – merke es dir!«

»Die Herren Kommissare wollten noch einmal vorbeikommen.« Karin goss Tee in Tassen. »Sie wollen mit allen reden.«

»Aber wieso denn das? Ich weiß doch von nichts! Ich kann denen keine Auskunft geben.«

»Du kannst ruhig zugeben, dass du sie nicht leiden konntest, Clarissa.«

»Du doch auch nicht, Hagen.«


Der alte Baron schwieg, blickte aber mit durchdringenden Augen in die Runde. Auch die anderen sprachen kein Wort mehr. Hagen stand auf, wanderte ebenfalls ein wenig im Raum hin und her, blieb schließlich am Fenster stehen. Er konnte die Allee zum Haus überblicken. Clarissa stellte sich an seine Seite. Ein Wagen fuhr zum Haus und hielt vor der Eingangstreppe. Zwei Männer stiegen aus, ein jüngerer, Mitte, Ende zwanzig etwa, und ein älterer, bestimmt schon um die sechzig. Der jüngere zog die Sonnenbrille ab, die er während der Autofahrt getragen hatte. Clarissa biss genussvoll in einen Keks.

Gisela öffnete schließlich die Tür.

»Die Herren Kommissare sind angekommen. Sie möchten Sie gleich sprechen.«

»Nun, wenn es sich nicht vermeiden lässt, sollten wir es so schnell wie möglich hinter uns bringen.« Wieder griff Clarissa in ihre Tasche, doch sie zog die Zigaretten nicht heraus. Die beiden Herren traten ein. Clarissas Blick blieb an dem jüngeren hängen. Sein Anblick hielt, was er aus der Ferne versprochen hatte. Groß, schlank, muskulös, das erkannte ihr Kennerblick sofort. Sie würde ihn nicht als schick gekleidet bezeichnen, aber auch nicht ungepflegt oder gar geschmacklos. Diese Jacke, italienische Mode, italienisches Leder. Sie passte zu diesen dunkelbraunen Haaren, zu diesen dunklen Augen.

Hinter den Kommissaren betrat Bianca den Raum, ihr Haar nur notdürftig gekämmt und hochgesteckt. Sie zog im Gehen ihre Bluse glatt.

»Entschuldigt, dass ich zu spät komme. Pavel ist heute nicht erschienen, wir mussten die Arbeit ohne ihn erledigen.« Müde ließ sie sich in den Sessel neben dem des alten Barons fallen und nahm dankbar eine Tasse Tee aus der Hand ihrer Mutter.

»Wer ist dieser Pavel? Und hat er sich abgemeldet?« Hauptkommissar Hansen vergaß, sich den Neuankömmlingen vorzustellen, als er Biancas Worte hörte.

»Ich habe nichts von ihm gehört.« Bianca sah zu ihrer Mutter.

»Er hat sich hier nicht gemeldet … es kann natürlich sein, dass er wollte … aber bei all der Aufregung heute …«

»Wer ist dieser Pavel?«, fragte Hauptkommissar Hansen noch einmal nach.

»Einer unserer Pferdepfleger«, berichtete Bianca.

»In welcher Beziehung stand er zu Dolores Rodriguez da Silva?«

»Meine Verlobte hatte gar keine Beziehung zu einem unserer Bediensteten!«

»Das müssen wir überprüfen. Wir sollten damit beginnen, die Angestellten zu befragen.«

»Und was ist mit uns?« Clarissa lächelte zu Mario hin, der die ganze Zeit schweigend neben Henrich Hansen gestanden war. »Ich dachte, Sie benötigen auch von uns eine Aussage.«

»Die Angestellten sind wichtiger!«, bestimmte Hansen.

»Nun, wann immer Sie mich brauchen … ich bin draußen, ich möchte endlich eine Zigarette rauchen können.« Sie wandte den Blick nicht von Mario ab. Der ignorierte sie so gut es ihm möglich war.

»Bertolli, Sie gehen zu den Ställen und befragen die Angestellten dort, kommen aber umgehend wieder hierher, wenn Sie fertig sind! Ich befrage derweil die Hausangestellten!« Er wandte sich an Karin. »Frau von Mühlfeld, können Sie bei diesem Pavel anrufen und nachfragen?«

»Selbstverständlich.«

»Ich gehe mit Herrn Bertollini, ich kenne die Pferdepfleger.« Bianca sprang auf.

»Nein, lassen Sie, das kann Herr Bertolli sehr gut alleine!«

»Nun, es wäre mir eine Hilfe … und wir müssen sowieso noch einige Fragen an Frau von Mühlfeld stellen …«

»Ich sagte bereits, dass ich das machen werde! Kümmern Sie sich um die Leute da draußen!«

Zwei Pferdepflegerinnen und drei Pferdepfleger traf Mario in den Ställen an. Dolores Rodriguez da Silva? Ja, die kannten sie. Ein Rasseweib, aber auch eine böse Hexe. Nun, hauptsächlich den Hausangestellten gegenüber, in die Stallwirtschaft hatte sie sich glücklicherweise nicht eingemischt. Das mache Fräulein Bianca, und die mache es sehr gut! Von Pferden verstehe diese Dolores überhaupt nichts, auch wenn Fritz, der Stallmeister, ihr das Reiten habe beibringen müssen. Befehl vom alten Herrn Baron, der ein passionierter Reiter sei. Wenn, dann sei sie immer am Nachmittag geritten, einige Runden in der Reithalle. Ja, sie habe immer dasselbe Pferd genommen, Freja, weil die Stute die ruhigste war. Gestern Nachmittag, so gegen 17.00 Uhr, sei sie zum letzten Mal geritten. Das sei auch das letzte Mal gewesen, dass sie Dolores gesehen hatten. Pavel? Der habe mit ihnen Feierabend gemacht und sei mit zurück ins Dorf gefahren. Und heute nicht erschienen. Mehr wussten sie nicht. Wo sie gestern Abend gewesen waren? Die jungen Frauen zuhause bei ihren Familien, zwei der Männer in der Dorfkneipe, einer zuhause, Fußball schauen. Champions League; Bayern München gegen Juventus Turin. Bayern habe gewonnen. Mario versuchte, dieses spöttische Grinsen zu ignorieren. Er wandte sich zurück zum Haus. Kurz bevor er den Stall verließ, wandte er sich noch einmal um.

»Ach, sagen Sie, werden die Ställe eigentlich bewacht? Kann hier jeder aus- und eingehen?«

»Nun, in jedem Stall schlafen Hunde, die sofort anschlagen würden, wenn ein Fremder nachts den Stall betreten würde. Sie sind zuverlässiger als jede Alarmanlage.«

»Aber Menschen, die sie kennen, können jederzeit in den Stall?«

»Ja – es kann immer einmal vorkommen, dass jemand nachts in den Stall muss, wenn eines der Tiere krank oder trächtig ist.«

»Ah … danke!« Mario verließ den Stall und ging zurück zum Haus. Ehe er es erreichte, wartete neuer Ärger.

## KAPITEL 3

Hauptkommissar Hansen ließ sich in den Aufenthaltsraum der Bediensteten führen und nahm sich die Hausangestellten vor: die Köchin, die Servier- und Zimmermädchen, die Wasch- und Bügelfrau, den Butler des alten Barons, die Haushälterin. Sie alle hatten nach ihren Aussagen nichts Auffälliges bemerkt. Nach dem Abendessen waren sie in ihre Zimmer gegangen oder nach Hause gefahren. Alle mussten zugeben, dass sie Dolores Rodriguez da Silva nicht hatten leiden können. Hansen blickte aus dem Fenster. Das, was sich da gerade abspielte, gefiel ihm gar nicht. Dieser Italiener! Warum musste er so kurz vor der Rente einen solchen Partner vor die Nase gesetzt bekommen, der nur Schwierigkeiten machte, nichts als Schwierigkeiten?!

Clarissa stand auf der obersten Stufe der Eingangstreppe. Sie zog an ihrer Zigarette, lächelte Mario entgegen und trat ihm in den Weg.

»Wir haben uns noch gar nicht bekannt gemacht! Clarissa, Gräfin von Königsstein.« Sie reichte ihm die Hand. Schwarze Handschuhe mit langem Schaft, passend zu ihrem eng anliegenden schwarzen Kostüm trug sie, mehr ein modisches Accessoire als dass sie schützten.

»Kriminaloberkommissar Mario Bertollini.« Er konnte die ausgestreckte Hand nicht ignorieren, ohne unhöflich zu werden.

»Bertollini? Schau an, ein feuriger Italiener.«

»Nein! Lediglich mein Vater war Italiener. Ich habe den größten Teil meines Lebens hier in Deutschland verbracht und besitze einen deutschen Pass.« Clarissa von Königsstein schien ihm nicht zuzuhören, schien es auch gar nicht wissen zu wollen. Mario suchte eine Möglichkeit an ihr vorbeizukommen. Keine Chance.

»Würden Sie mich bitte durchlassen? Ich muss ins Haus, mein Kollege wartet!«

»Oh, wird der Kriminaloberkommissar nun böse auf mich? Er wird doch hoffentlich nicht die Handschellen herausholen? Oder gar seine Waffe?« Dennoch, sie trat zur Seite und ließ ihn durch. »Wir müssen uns unterhalten«, sprach sie jedoch noch. »Sie haben sicherlich viele Fragen an mich. Ich kenne da ein exklusives italienisches Restaurant, das für den Anlass passend wäre.« Ihr Finger strich über seinen Oberarm, während sie an ihm vorbei die Stufen hinab schritt. »Wir sehen uns, Kriminaloberkommissar Mario Bertollini.«

Hauptkommissar Hansen kehrte in den blauen Salon zurück. Hinter ihm trat Mario in das Zimmer.

»Frau von Mühlfeld!« Hansen wandte sich an Bianca. »Ich muss Ihnen noch einige Fragen stellen! Herr von Mühlfeld« Er blickte Hagen an. »Mein Kollege wird sich draußen mit ihnen unterhalten.« Mario nickte. Sein Blick streifte Bianca. Sie sah das Bedauern in seinen Augen. Dann schloss sich die Tür hinter ihm und ihrem Vater.

»Frau von Mühlfeld?« Hansen riss sie aus ihren Gedanken. »Wann haben Sie Dolores Rodriguez da Silva zum letzten Mal gesehen?« Bianca riss sich zusammen.

»Gestern, nach dem Abendessen, wie wir alle.«

»Und was haben Sie danach gemacht?«

»Ich habe die Nachrichten angesehen. Im Wohnzimmer meiner Eltern. Mein Vater kam spät nach Hause und ich wollte noch Zeit mit ihm verbringen. Dann bin ich nach oben, in mein Schlafzimmer. Ich habe noch ein wenig gelesen und bin dann zu Bett gegangen … ich stehe jeden Tag früh auf.«

»Haben Sie irgendetwas Ungewöhnliches bemerkt? Irgendwelche Geräusche? Irgendwelche Personen, die im Garten unterwegs waren?«

»Nein …«

»Denken Sie noch einmal nach. Ihre Wohnung liegt genau über der des Opfers!«

»Ja … ich weiß … aber ich habe nichts bemerkt, wirklich nicht … es tut mir leid, dass ich nicht helfen kann … das ist alles so schrecklich!« Ihre Augen füllten sich mit Tränen.

»Schon gut …« Hansen reichte ihr seine Karte. »Wenn Ihnen noch etwas einfällt, melden Sie sich. Bei mir!«

»Ja …« Sie nahm die Karte aus seiner Hand.

»Ich fürchte, ich kann Ihnen nicht viel sagen. Ich bin gestern erst spät nach Hause gekommen.« Hagen von Mühlfeld war mit Mario vor die Eingangstür getreten.

»Wann genau?«

»Es muss so gegen acht gewesen sein. Gisela hatte das Essen bereits abgetragen. Sie hat mir aber in der Küche etwas aufgewärmt. Auf jeden Fall war es schon dunkel, hinter dem Stall hat ein Licht aufgeleuchtet.«

»Was?!«

»Nun, die Garagen liegen in der Nähe der Ställe. Ich habe den Wagen dorthin gefahren … und da habe ich Licht bei den Ställen gesehen, also hinter den Ställen, auf der Zufahrt zum Parkplatz des Gestüts.«

»Was für ein Licht?«

»Ich denke, ein Auto.«

»Und Sie habe sich nicht gewundert, dass so spät noch jemand dort ist?«

»Vielleicht … ich war müde, habe nicht darüber nachgedacht …«

»Und sie haben keine Ahnung …«

»Nein! Hören Sie, ich habe eine anstrengende Arbeit. Ich verlasse morgens meist um fünf das Haus. Ich war müde und wollte nur noch ein wenig mit meiner Frau und meiner Tochter zusammen sein. Mehr nicht! Bis ich im Haus war, hatte ich das Licht wieder vergessen. Bianca hat mit uns die Nachrichten geschaut, danach war ich mit Karin alleine. Wir haben noch ein wenig geredet und dann war mein Tag vorbei. Ich bin ins Bett gegangen und habe geschlafen.« Mario sah sich um.

»Hat es gestern Abend hier ebenfalls geregnet?«

»Ja, warum?« Mario antwortete nicht und griff nach seinem Handy.

»Nils! Seid ihr noch im Haus? Ja … wir brauchen euch noch einmal, hinter den Ställen … mögliche Reifenspuren … ich hoffe es jedenfalls! Danke!«

»Haben Sie bei der Familie dieses Pferdepflegers angerufen?« Hansen sprach mit Karin von Mühlfeld, als Mario und Hagen zurückkehrten.

»Ja – seine Frau sagte, er sei heute Nacht nicht nach Hause gekommen. Aber das sei nichts Besonderes, das sei öfter vorgekommen. Wenn eines der Pferde krank war oder eine Stute trächtig, hat er in einem der Ställe übernachtet. Darum hat sie sich auch nicht gewundert. Jetzt ist sie natürlich in Sorge.«

»Hm …« Hansen blickte auf die Uhr und brummte. »Warten wir heute Nacht noch ab. Wenn er morgen früh nicht aufgetaucht ist …«

Mario lenkte den Wagen über schmale, holprige Straßen zurück in die Stadt, zurück ins Präsidium.

»Eines noch, Bertolli! Hören Sie auf, mit Frauen zu flirten! Was sie privat machen ist mir egal, aber lassen Sie das gefälligst während des Dienstes!«

»Was?!«

»Denken Sie nicht, ich hätte es nicht bemerkt! Zuerst die Kleine, diese Bianca, und dann auch noch Gräfin von Königsstein!«

»Ich habe nicht …«

»Und versuchen Sie nicht, sich herauszureden. Ich weiß ja nicht, was in Italien üblich ist, aber hier halten Sie sich gefälligst von den Frauen fern! Vor allem, wenn diese Frauen in den Fall verwickelt sein könnten … ich muss Ihnen hoffentlich nicht vorhalten, welche Konsequenzen das haben kann!« Mario erwiderte nichts. Wozu auch? Hansen würde ihm sowieso kein Wort glauben.

„Sollten wir nicht doch diesen Pavel zumindest zur Fahndung ausschreiben? Ich habe Bauchweh bei dem Gedanken, dass wir nichts tun«, sprach er stattdessen.

»So, haben Sie? Schon mal was von Verhältnismäßigkeit gehört? Aber machen Sie, was sie wollen! Wenn Sie Lust auf Papierkram haben, nur zu. Ich fahre jedenfalls nach Hause!«

Hansen machte seine Drohung wahr. Er ließ Mario alleine. Der rief noch einmal bei den von Mühlfelds an, fragte Karin nach den Personendaten von Pavel und ließ sich eine Beschreibung geben. Kurz bedauerte er, dass nicht Bianca ans Telefon gegangen war. Er schob den Gedanken beiseite, während er die Daten in den Computer eingab und an die zuständigen Stellen weiterleitete.

Zuhause angekommen lehnte sich Mario einen Moment gegen die Tür und schloss die Augen. Die Fahndung war draußen, die Kollegen des Kriminaldauerdienstes hatten seine Handynummer. Im Moment konnte er nichts mehr tun. Tief durchatmen, ankommen. Sich keine Sorgen mehr machen!

»Hi Cop!«, tönte es aus Lucas Zimmer.

»Hi Champ!« Mario hängte seine Jacke an den Haken, nahm die Munition aus seiner Dienstwaffe und schloss beides in die entsprechenden Fächer des Tresors. Er hängte sich den

Schlüssel um und steckte ihn unter sein Hemd. Luca trat in den Flur.

»Was gibt's zu Essen?« Er griff nach der Tüte und sah hinein. Zucchini, Paprika, Aubergine. »Lass mich raten: Schon wieder Gemüse mit Spaghetti?«

»Nein, Gemüse mit Fusilli!«

»Och Mann, immer nur Nudeln! Warum kannst du nicht einfach mal Schnitzel mit Pommes machen? Das ist echt uncool!«

»Dio Mio, weil es schnell gemacht ist, wenn ich spät nach Hause komme? Außerdem gibt Pasta dir Energie und Gemüse die nötigen Vitamine! Corpo di bacco, du isst genug von diesem ungesunden Kram, wenn du mit deinen Kumpels unterwegs bist! Wenn du Hausmannskost willst, dann gehe zu Oma Gerda nach Klein-Meckendorf, saccente! Da bekommst du so viel Grünkohl mit Pinkel wie du möchtest.« Er riss die Tüte an sich, lief mit großen Schritten in die Küche, streifte unterwegs das weiße Hemd über den Kopf und warf es auf die Anrichte. »Stronzo! Vaffanculo! Ihr alle zusammen! Dio Mio!« Das Gemüsemesser riss er aus der Schublade, hieb auf eine der Auberginen ein. Augen, so blau wie der Himmel der Toskana. Ob Bianca italienisches Essen mochte? Wie kam er jetzt auf solche Gedanken? Gedanken, die er nicht haben durfte, das wusste er selbst, dafür brauchte er nicht Hansens Kommentare. Gedanken, für die er auch überhaupt keine Zeit hatte. Cazzo!

Luca konnte sich ein Grinsen nicht verkneifen. Wann immer sein Bruder mies drauf war, begann er, italienisch zu fluchen. Luca selbst war glücklicherweise von diesem Italo-Erbe-Kram verschont geblieben. Außer dem Namen, was schon schlimm genug war. Diese Italiener konnten nicht mal richtig Fußball spielen. Mutti hatte Italien verlassen, als sie mit ihm schwanger gewesen war, er war in Deutschland geboren. Warum sie in Muttis Heimat zurückgekehrt waren, hatten weder sie noch Mario jemals erzählt. Mario hatte nur einmal erwähnt, dass Vater ein Restaurant in Florenz besessen hatte, ein nobles, gut gehendes Restaurant. Luca dachte sich seinen Teil. Es musste einen Grund geben, warum Mario davon besessen war, der Mafia ans Bein pinkeln zu wollen, solange Luca denken konnte. Aber dann, nach Muttis Unfall ... Sein großer Bruder hatte alles für ihn aufgegeben. Luca folgte Mario und blieb im Türrahmen stehen.

»Sorry ... schweren Tag gehabt?«

Mario ließ das Messer sinken, blickte zu seinem Bruder und atmete tief durch.

»Schon okay! Hast du deine Hausaufgaben gemacht?«

»Ja, klar!«

»Dann kannst du mir helfen, umso schneller sind wir fertig. Und umso schneller kommen wir ins Fitness-Studio. Gib zu, dass es cool ist, einen Bruder zu haben, der dich zum Training mitnimmt!« Mario grinste ihn an.

»Naja, gut, im Vergleich zu anderen …«

»Und morgen gibt es Kartoffelbrei nach Omas Rezept, versprochen!«

Königsberger Klopse mit Reis standen auf dem Tisch. Henrich Hansen ließ sich auf den Stuhl am Esstisch fallen.

»Ein harter Tag?«, fragte Elisabeth ihn. Wieder einmal brummte Henrich nur. »Hier, iss erst einmal etwas. Dann sieht die Welt gleich besser aus.« Er hörte auf seine Frau und griff zu, erst zögerlich, dann mit immer mehr Appetit. »Noch ein paar Monate, dann hast du es hinter dir.«

»Ja …« Und dann? Was würde dann kommen? Die Rente, das Abstellgleis. Elisabeth fasste seine Hand.

»Warum musst du mich immer zur Schule fahren? Das ist völlig uncool! Die anderen lachen mich schon aus.«

»Sie lachen dich aus, weil du von einem Polizisten zur Schule gebracht wirst?«

»Nein, sie lachen mich aus, weil mein großer Bruder mich zur Schule bringt, als wäre ich noch ein Baby.«

»Ich bin ganz sicher nicht der einzige, der das tut. Wir leben in einer gefährlichen Welt!«

»Ja, ja …« Sie waren vor dem Schulgebäude angekommen, Mario hielt an.

»So, jetzt aber schnell! Wir sind sowieso schon spät dran. Und heute Nachmittag nimmt dich Franks Mutter mit nach Hause. Ciao Champ!«

»Tschüss Cop!« Luca sprang aus dem Wagen, die Tür fiel zu. Mario fuhr ge-dankenverloren weiter zum Präsidium. Sein Blick fiel auf die Uhr. Fünf vor Acht. Hansen war sicher schon im Büro. Einmal in Ruhe arbeiten können, ohne ihn und seine Kommentare. Vier Monate noch, vier Monate, bis Hansen in Rente ging. Mario konnte nur hoffen, dass etwas Besseres nachkam. Er selbst war noch zu jung, um Hauptkommissar zu werden.

Hansen saß im Büro, nippte an seiner Kaffeetasse und sah sich die Vernehmungsprotokolle des vergangenen Tages an. Schon fast acht Uhr. Und dieser Bertolli war immer noch nicht da. Nett sein sollte er zu ihm. Elisabeth hatte gut reden. Nun, vielleicht hatte sie ja recht, es war bewundernswert, dass er die Verantwortung für seinen Bruder übernommen hatte. Aber die Arbeit durfte nicht darunter leiden. Nun, was wollte er auch von diesem Italiener erwarten? Nichts als Dolce

Vita im Kopf! Er wandte sich wieder der Akte zu.

Es war schon ein paar Minuten nach Acht, als Mario die Treppe von der Tiefgarage hinaufeilte und das Büro betrat.

»Guten Morgen, Herr Hansen.«

»Morgen! Da sind Sie ja endlich ... nein, lassen Sie die Jacke an, wir fahren gleich noch einmal zum Gestüt.« Mario fragte nicht, warum. Er würde sowieso keine Antwort erhalten.

## KAPITEL 4

Mario fuhr die Einfahrt hinauf, hielt vor der breiten Eingangstreppe und schnallte sich ab. Hansen stieg aus.

»Bleiben Sie sitzen, fahren Sie ins Dorf, schauen Sie nach der Familie von diesem Pavel!«

»Warum denn das?«

»Ich habe heute Morgen, als sie sich Zeit gelassen haben, zum Dienst zu erscheinen, mit Karin von Mühlberg telefoniert. Dieser Pavel ist schon wieder nicht aufgetaucht. Wird höchste Zeit, dass wir ihn finden. Sie werden es wohl schaffen, mit der Frau zu reden.«

»Wir hätten gestern Abend schon mit der Suche beginnen sollen.« Mario flüsterte nur, doch Hansen hörte es.

»Ach? Hätten wir das? Ja? Sie sind doch derjenige, der immer pünktlich Feierabend machen möchte!« Mario wollte widersprechen, wollte erklären, dass er das nur für seinen Bruder tat. Und dass er derjenige war, der gestern Abend Überstunden gemacht hatte. Doch er würde nur auf taube Ohren stoßen, er wusste es.

»Haben Sie die Adresse?«, fragte er Hansen stattdessen.

»Ja, hier!« Hansen kramte in seiner Manteltasche und reichte ihm einen Zettel. »Und danach kommen Sie umgehend wieder hierher!«

»Ja, Herr Hauptkommissar …«

Mario musste durch das ganze Dorf fahren, bis er das Häuschen fand. Anna Kupinski öffnete ihm die Tür, eine kleine Frau mit langen schwarzen Haaren, einem einfachen Kleid, einer Schürze darüber. Ein Mädchen, vielleicht fünf Jahre alt, versteckte sich hinter ihr.

»Bertollini, Kriminaloberkommissar Mario Bertollini.« Mario zog seinen Ausweis aus der Tasche. »Frau Kupinski, Ihr Mann ist immer noch nicht aufgetaucht?«

»Nein …« Frau Kupinski zog ein Taschentuch aus ihrer Schürze und schnäuzte sich. »Warum macht ein Mann das nur? Warum lässt er mich mit den Kindern allein?«

»Frau Kupinski, können wir uns drinnen unterhalten?«

»Ja … ja natürlich. Entschuldigen Sie! Entschuldigen Sie die Unordnung … mit vier Kindern …«

»Das macht doch nichts.« Schränke im Flur, dunkle Ecken. Unwillkürlich fasste Mario nach seiner Waffe. Wenn Anna Kupinski nun Theater spielte? Wenn Pavel Kupinski sich im Haus versteckt hatte? ‚Immer auf Eigensicherung achten' Er hätte nicht alleine hierherkommen dürfen. Was hatte sich Hansen dabei gedacht?

»Darko, räume deine Sachen zusammen! Wir haben Besuch.« Anna führte Mario ins Wohnzimmer. Ein vielleicht zehnjähriger Junge räumte brummend seine Hefte zusammen, die er auf dem Esstisch aus-gebreitet hatte.

»Lassen Sie ruhig, der Junge soll seine Hausaufgaben machen können. Ich möchte gar nicht lange stören.«

»Trotzdem … Darko, du musst dich für die Schule fertig machen. Es wird Zeit, du hast zur dritten Stunde.« Sie wartete, bis der Junge die Tür geschlossen hatte. »Ich möchte die Kinder so wenig wie möglich mit alledem belasten:« Sie ließ sich auf das Sofa fallen und lud Mario mit einer Handbewegung ein, es ihr gleichzutun.

»Ich habe ihnen gesagt, dass ihr Vater arbeiten muss und deshalb nicht nach Hause kommt … aber ewig kann ich das nicht behaupten. Ich denke, Darko merkt, dass etwas nicht stimmt.«

»Frau Kupinski, wann haben Sie Ihren Mann zum letzten Mal gesehen?«

»Nun … vorgestern, morgens, als er zur Arbeit ging.«

»Ist Ihnen etwas seltsam vorgekommen? Hat er sich anders benommen als sonst?«

»Nein … verabschiedet wie immer … mir einen Kuss zum Abschied gegeben …«

»Hat er jemals von Dolores Rodriguez da Silva gesprochen?«

»Er hat selten von der Arbeit gesprochen. Aber doch, einige Male hat er erwähnt, dass sie jetzt im Herrenhaus die Herrschaft an sich gerissen hat und alle terrorisiert … ja, das hat er erzählt, wenn er abends müde nach Hause kam …«

»Haben Sie schon bei Bekannten und Verwandten nachgefragt? Haben Sie eine Idee, wohin Ihr Mann gegangen sein könnte? Gibt es einen Lieblingsort? Ihren Heimatort?« Anna schüttelte den Kopf.

»Nein … ich dachte immer, ich kenne ihn … fünfzehn Jahre verheiratet, fünfzehn Jahre …« Sie versank in Gedanken.

»Frau Kupinski, es ist noch gar nicht gesagt, dass Ihr Mann freiwillig nicht zurückkehrt. Vielleicht wird er aus irgendeinem Grund daran gehindert.« Mario versuchte, sie zu trösten.

»Sie wollen damit sagen, dass er vermutlich tot ist …«

»Nein … das habe ich nicht gesagt …«

»Aber gedacht … es besteht die Möglichkeit, geben Sie es zu …« Mario seufzte, dachte nach. Er musste nicken, musste es ihr bestätigen.

»Nicht vermutlich … eventuell … wir müssen alle Möglichkeiten in Erwägung ziehen …« Er versuchte, die Worte abzumildern. Sie zog erneut das Taschentuch hervor und schluchzte. Mario wartete, bis sie sich ein wenig beruhigt hatte. Er zog eine Visitenkarte aus der Jacke und reichte sie ihr. »Wenn Ihnen noch etwas einfällt …« Er stand auf. Sie nahm die Karte und stand ebenfalls auf.

»Da war eine andere Frau …«

»Was?!« Mario starrte sie an.

»Eine Frau spürt so etwas … es war nicht diese Dolores, ganz sicher nicht … ich habe auch keine konkreten Anhaltspunkte … nur dieses Gefühl … das Übliche … abends später nach Hause kommen, manchmal auf dem Gestüt übernachten. Er hat das vorher schon getan, wenn Pferde krank waren, ja. Aber dieses Gefühl … dieses aufdringliche Parfüm, nach dem sein Hemd manchmal roch.« Einige Augenblicke verharrte Mario, dann nickte er.

»Danke! Wir werden das im Auge behalten.« Er wollte ihr noch etwas Aufmunterndes sagen, wollte sagen, dass sie ihren Mann finden würden. Doch er durfte nichts versprechen. »Danke, ich danke Ihnen für das Gespräch.«

Hansen war nirgends zu sehen, als Mario das Gestüt wieder erreichte. Nein, Karin von Mühlfeld wusste auch nicht wo er war. Er war vorhin mit dem alten Baron davongegangen. Mario sah sich um und schlenderte schließlich hinüber zu den Ställen. Die Hunde schienen alle unterwegs zu sein. Er schritt in den ersten Stall. Freja stand friedlich in ihrer Box. Die meisten anderen Pferde waren draußen. Er ging zu ihr hin und streichelte ihr über die Nüstern, über den Hals. Sie ließ sich das gerne gefallen.

»Na du Hübsche? Schade, dass du nicht sprechen kannst. Du könntest uns sagen, wer Dolores ermordet hat. Nein, tut mir leid, ich habe nichts für dich dabei.«

»Sie mag Sie!« Mario schrak zusammen. Bianca hatte den Stall betreten, kam auf ihn zu und lächelte ihn an.

»Frau von Mühlfeld, Sie haben mich erschreckt.«

»Nun ... wer sich heimlich in Ställe schleicht, darf sich nicht beschweren, wenn er erwischt wird.« Ihr Lächeln hatte etwas von einem kleinen frechen Mädchen. Er lächelte zurück.

»Ich bekenne mich schuldig! Und nun? Holen Sie die Polizei? Müssen Sie das wirklich?«

»Nun, ja, doch ...« Sie stellte sich neben ihn, lehnte sich über die Tür der Box und reichte Freja eine Karotte. »Aber keine Sorge, ich kenne da einen sehr netten Kriminalkommissar.«

»Ach, Sie kennen noch mehr Kommissare?« Er wandte sich lächelnd zu ihr um und blickte sie an. Sie konzentrierte sich völlig auf das Pferd, streichelte es zärtlich. Täuschte es im

Halbdunkel des Stalles oder war sie wirklich rot geworden? Niedlich. Er räusperte sich. 'Sag etwas!', sagte ihm eine innere Stimme. Doch ihm fiel einfach nichts ein. Nicht bei ihrem Anblick. Nicht beim Anblick dieser Augen, dieses schlanken Körpers, der sich unter den eng anliegenden Reithosen und dem karierten Hemd abzeichnete. 'Wie ein wildes Cowgirl', schoss es ihm durch den Kopf. Und diese Lippen erst … Ob sie auch küsste wie ein wildes Cowgirl? In diesem Moment wandte sie sich ihm zu, blickte ihn an, mit diesen durchdringend blauen Augen. Nur ein wenig nach vorn beugen musste er sich, um ihre Lippen mit seinen berühren zu können, nur ein klein wenig. Er nahm nichts anderes um sich herum mehr wahr.

»Gibt es schon irgendetwas Neues?« Sie brach schließlich das Schweigen.

»Nein« Sein Ton wurde geschäftsmäßig, er drehte sich dem Pferd zu. Der magische Augenblick war verflogen. Mario atmete tief durch. Es war besser so. Erneut schwiegen sie.

»Ihr Onkel hat ebenfalls Pferde?« Das Schweigen bedrückte sie. Er nickte.

»Ich denke, dass er sie noch hat. Vielleicht neue, aber er hat Pferde geliebt. Nie hätte er sich von ihnen getrennt. Ich hoffe, es geht ihm gut.«

»Sie haben keinen Kontakt mehr zu ihm?«

»Nein!« Sein schroffer Ton ließ sie zu ihm hinblicken. Seinen Blick hielt er gesenkt, sein Lächeln war verschwunden.

»Verzeihen Sie, ich wollte nicht neugierig erscheinen. Mich nicht in Ihr Privatleben mischen.«

»Nein, nein, ist schon okay. Ich denke nur nicht gerne daran. Das heißt, doch … auf dem Landgut meines Onkels habe ich die schönsten Tage meiner Kindheit verbracht. Die Hügel der Toskana, die Freiheit, die so ganz anders war als die Enge von Florenz. Nicht das Florenz der Touristen, nein, eine kleine, feine Straße außerhalb des historischen Zentrums. Papà besaß ein Restaurant, in das sich kaum einmal ein Tourist verirrte. Die Einheimischen dafür umso lieber. Aber nachdem Mamma ihn verlassen hat … ich weiß nicht, was aus ihm geworden ist.«

»Das tut mir leid. Und Sie haben nie wieder versucht, Kontakt aufzunehmen?«

»Nein, Mamma wollte es nicht. Und nachdem sie den Unfall hatte und starb …eines Tages vielleicht, ja. Aber sie ist erst ein paar Monate tot. Ich hatte für so etwas noch keine Gedanken. Ich muss für Luca sorgen, die neue Arbeitsstelle ...«

»Das ...« Sie suchte nach Worten. Ein einfaches 'tut mir leid' schien viel zu wenig. Sie sah zu ihm auf. Dieser Mann schien kein Mitleid nötig zu haben und auch nicht zu wollen.

»Bertolli! Wo stecken Sie?« Hansens Stimme riss sie beide aus ihren Gedanken.

»Warum nennt er Sie immer Bertolli?«

»Wenn ich das wüsste!« Mario seufzte. »Ich muss ...« Er ging hinaus. »Hier bin ich, Herr Hansen. Ich habe Sie gesucht.« Hansen stand mit dem Baron auf dem Weg zum Herrenhaus.

»So? Haben Sie ernsthaft geglaubt, ich würde mich in den Ställen herumtreiben? Kommen Sie mit, wir haben etwas zu besprechen!« Der Baron stampfte voraus, sie folgten ihm ins Haus. Bianca trat ebenfalls aus dem Stallgebäude und holte sie rasch ein. Auf halben Weg rannte ihnen einer der Pferdepfleger hinterher.

»Entschuldigung!« Sie blieben stehen und wandten sich zu ihm um. »Mir ist noch etwas eingefallen. Pavel, er wollte gestern noch einmal zurück zum Gestüt. Er wollte zuerst mit uns in die Kneipe, aber dann hat er behauptet, er hätte seine Brieftasche hier vergessen. Was ich mir aber nicht vorstellen kann, denn er hat sie immer in seiner Jackentasche. Er hat aber vorher, also auf dem Weg zur Kneipe, eine Nachricht auf seinem Handy gelesen, das habe ich gesehen. Falls das wichtig ist.«

»Ja, danke.« Sie gingen weiter. Es lag Mario auf der Zunge, zu erzählen, dass Anna Kupinsky vermutete, Pavel hätte eine Geliebte. Doch er wollte es nicht in Gegenwart von Bianca und dem alten Baron ausplaudern.


Der alte Baron führte sie in den blauen Salon.

»Bianca Liebes, gehst du bitte in die Küche und schaust, dass wir Kaffee und Kekse bekommen?« Der alte Baron ließ sich auf seinen Sessel fallen. Bianca nickte und verschwand.

»Bertolli«, begann Hansen, nachdem sich die Tür hinter Bianca geschlossen hatte. »Baron von Mühlfeld und ich haben uns darauf geeinigt, dass wir die Ermittlungen von hier aus führen. So sind wir nahe am Geschehen und können gegebenenfalls die Zeugen leichter noch einmal befragen. Und den Baron stets auf dem Laufenden halten.«

»Was?! Aber wie soll das denn gehen? Die Berichte, die Ergebnisse der Spurensuche und der Pathologie …«

»Ach Bertolli, jetzt stellen Sie sich nicht so an! Ausgerechnet Sie! Wer hängt denn immer am Computer herum und tauscht sich mit diesem neumodischen Zeug mit anderen aus? Also, ich werde Schmittchen benachrichtigen, dass wir hierbleiben.« Mario lehnte sich in seinem Sessel zurück. Hansen hatte recht, wenn es einer wusste, dann er, Mario. Er hatte mit Italien und englischsprachigen Ländern per Computer kommuniziert, von den Außenstellen des BKA gar nicht zu reden. Aber das bedeutete, dass er jeden Morgen hier herausfahren musste. Noch weniger Zeit für Luca.

»Ja …«, flüsterte er.

»Gut! Was haben Sie bei der Frau dieses Pavel erfahren?« Mario erzählte es ihnen. Hansen fragte nach einem Telefon.

»Ich werde eine Hundestaffel anfordern. Irgendwo müssen wir anfangen, diesen Pavel zu suchen. Sie haben hoffentlich ein Kleidungsstück von ihm mitgebracht!« Mario wurde ein wenig rot.

»Nein … an so etwas habe ich nicht gedacht … ich konnte nicht absehen …«

»Wie, das konnten Sie nicht?! Sie hätten doch schon am liebsten gestern Abend mit der Suche angefangen. Wir suchen einen Menschen, Bertolli! Einen lebendigen Menschen. Nicht irgendeines Ihrer Phantombilder. Da muss man an so etwas denken!«

»Ja, Herr Hansen« Er hatte recht, Mario wusste es. »Es tut mir leid.« Hansen brummte.

»Wir haben im Aufenthaltsraum der Pferdepfleger sicher Sachen von Pavel, Arbeitskleidung oder so etwas«, warf der Baron ein.

»Gut, ich werde die Hundestaffel anfordern. Und Schmittchen verständigen. Bis sie hier sind, können wir die Sachen holen. Ich bin gleich zurück.« Er stand auf und würdigte Mario keines Blickes mehr. Der saß mit gesenktem Kopf im Sessel. Er erhob sich schließlich, um Hansen zu folgen. Bianca kam ihm mit einem Tablett entgegen.

»Sie wollen schon gehen?«

»Ja, ich …« Wohin wollte er eigentlich? Hansen wollte lediglich telefonieren. Bianca bemerkte sein Zögern.

»Setzen Sie sich, trinken Sie einen Kaffee. Herr Hansen ist sicher gleich zurück.«

»Ich weiß nicht …«

»Tun Sie, was meine Bianca sagt!« Die Stimme des alten Barons. »Ihr wage noch nicht einmal ich zu widersprechen.«

»Aber Herr Hansen …«

»Hat er Ihnen Anweisungen gegeben? Nein? Dann bleiben Sie hier! Bianca hat recht, er möchte nur telefonieren.« Mario ergab sich und nahm wieder Platz. Bianca setzte sich aufs Sofa, goss Kaffee in die Tassen und reichte ihm eine. Kurz berührten sich ihre Finger. Wärme, Hitze, ein Feuerwerk, ein Stromschlag. Fast vergaß er Hansens Tadel, was auch immer für Konsequenzen das für ihn haben würde. Er fühlte die Berührung immer noch, als sie sich schon längst wieder auf den Sessel hatte zurücksinken lassen und an der Tasse nippte. Sie schwiegen und warteten, bis Hansen zurückkehrte. Er ließ sich ebenfalls eine Tasse Kaffee einschenken.

»Nun, die Kollegen werden sicher eine Weile brauchen, bis sie hier sind. So viel Zeit muss sein.«

Eine Hundertschaft mit Suchhunden. Die Polizisten führten Sie über die Weiden, in den Wald hinein. Hansen und Mario kehrten in den blauen Salon zurück. Ein Priester war angekommen, saß neben Bianca auf dem Sofa. Hansen warf einen fragenden Blick auf den Baron.

»Darf ich vorstellen … mein Neffe Johann …« Etwas Abfälliges lag in der Stimme des Barons. Johann von Mühlfeld stand auf und lächelte sie an. Er reichte ihnen die Hand.

»Mein Onkel hält nicht viel von meiner Berufung ins Priesteramt.«

»Nein! Schon, dass er unbedingt katholisch werden musste …«

»Mein Vater hat unterschreiben müssen, dass er seine Kinder katholisch taufen lassen und erziehen wird, als er meine Mutter heiratete.«

»Er hat ja so eine aus Bayern heiraten müssen!«

»Nun, das lag nahe, schließlich hat er in München für ein großes Unternehmen gearbeitet.«

»Ich mag dich, Onkel Johann!« Bianca reichte ihm die Keksdose.

Das Klacken von High Heels auf den Dielen des Flures kündigte sie an, noch ehe sie den Salon betreten hatte. Clarissa öffnete die Tür.

»Oh, die Herren Kommissare. Und unser lieber Cousin Johann.« Sie ließ sich in einen der Sessel sinken und lächelte in die Runde. Ihr Blick blieb bei Mario hängen.

»Liebste Cousine Clarissa, welche Freude, dich einmal wieder zu sehen.«

»Soll ich dir das glauben, Johann?« Sie wandte ihren Blick ihrem Cousin zu.

»Natürlich, ich bin Priester!«

»Das stimmt! Und du bist wirklich zu gut für diese Welt. Du würdest niemanden anlügen.« Spott lag in ihrer Stimme. Sie wandte sich wieder Mario zu. »Wann wollen Sie mich denn vernehmen, Herr Kriminaloberkommissar?«

»Ich werde auf Sie zukommen, wenn wir eine Aussage von Ihnen benötigen!«, sagte Hansen bestimmend. Clarissa lächelte weiterhin still vor sich hin.

»Mag noch jemand Kaffee?« Bianca versuchte, den Frieden aufrecht zu erhalten.

»Die Herren Kommissare ... ich muss die Herren Kommissare sprechen!« Eine Männerstimme tönte aus der Eingangshalle. Gisela betrat den Salon.

»Einer der Herren Polizisten …« Hinter ihr stand ein Schutzpolizist.

»Wir haben Pavel Kupinski gefunden. Im Keller einer Waldhütte.«

Mario sprang auf, Hansen erhob sich etwas schwerfälliger aus dem Sessel. Sie eilten hinaus in den Hof.

»Ist es weit entfernt? Kann man mit dem Auto dorthin kommen?«

»Ja … ich kann Ihnen den Weg zeigen.«

»Dann steigen Sie ein, Bertolli! Jetzt können Sie Ihr Verfolgungsjagdtempo anschlagen.«

»Ich werde auch mitfahren!« Der Stock des Barons schlug auf die Treppenstufen. Hansen zögerte einen Moment, dann nickte er.

Sie parkten am Waldrand. Mario und der Streifenpolizist rannten voraus zu der Hütte.

»Wir haben bereits den Rettungswagen angefordert. Herr Kupinski ist nicht ansprechbar. Er war wohl ohne Essen und Trinken in dem dunklen Loch. Die Spurensicherung haben wir auch schon verständigt. Sie wird bald hier sein.« Sie blieben vor der Hütte stehen und warteten auf Hansen und den alten Baron, die langsam folgten.

»Herr Kupinski sitzt dort auf der Bank. Aber wie gesagt, er ist völlig apathisch, nicht ansprechbar, entkräftet.«

»Aber immerhin, wir können davon ausgehen, dass er mit dem Mord nichts zu tun hat.«

»Oder aber er ist einer der Beteiligten und wurde von seinem Komplizen kaltgestellt.«

»Durchaus möglich …«

Als Hansen und der Baron an der Hütte angekommen waren, betraten sie sie und sahen sich um. Eine Falltür, eine Leiter. Nicht mehr die neueste, wackelig, morsch. Hansen stieg vorsichtig hinunter in die Dunkelheit.

»Bertolli, eine Taschenlampe!« Mario lieh sich eine von einem der Schutzpolizisten und folgte Hansen. Er leuchtete das Erdloch aus.

Denn mehr war es nicht. Blanke Erde auf dem Boden und an den Wänden. Sie stiegen wieder nach oben. Der Krankenwagen war inzwischen angekommen.

»In welches Krankenhaus bringen Sie ihn? Ins Kreiskrankenhaus? Gut, danke … kommen Sie, Bertolli, wir fahren zurück zum Gestüt.«

Ein Techniker baute Computer im gelben Salon auf, als sie zurückkehrten.

»Wir haben hier einen Internet-Stick. Oder haben Sie hier Internet-Anschluss?«

»Mit diesem neumodischen Zeug kenne ich mich nicht aus«, brummte der alte Baron. »Da müssen Sie die Frau meines Neffen fragen. Oder Bianca.«

»Das mache ich!«, sprach Hansen, ehe Mario auch nur denken konnte. »Wo ist Ihre Nichte, Baron von Mühlfeld?«

»Nun, wahrscheinlich in den Ställen … Karin war vorhin in der Küche.«

»Gut … Bertolli, Sie bleiben hier!« Mario widersprach nicht, obwohl er sich fragte, ob Herr Hansen überhaupt verstand, nach was er sich erkundigen sollte. Er setzte sich und schaltete einen der Computer ein.

Hansen hatte Karin von Mühlfeld in der Küche nicht gefunden. Vor sich hin brummelnd lief er hinaus und machte sich auf den Weg zu den Ställen, um Bianca zu suchen. Clarissa von Königstein stand am Eingang. Sie hielt lässig eine Zigarette in der Hand.

»Ah, der Herr Kommissar. Ist Ihr Kollege nicht hier?«

»Lassen Sie gefälligst Ihre Finger von ihm!«, knurrte Hansen sie an. Clarissa ging nicht auf diese beleidigende Rede ein. Sie grinste vor sich hin. Genussvoll rauchte sie ihre Zigarette zu Ende. Dieser Techniker war vorhin im gelben Salon beschäftigt gewesen. Sicher war Kriminaloberkommissar Mario Bertollini dort jetzt auch.

Mario saß vor einem der Computer. Der Techniker stand hinter ihm. Sie beachteten nicht, dass sich die Tür öffnete und Clarissa leise eintrat.

»Also der Stick funktioniert jetzt. Sie wissen, was Sie zu tun haben, wenn es hier Internet gibt?«

»Ja!«

»Sehr schön. Moment, ich verbinde Sie noch mit dem Kommissariat. Dann haben Sie Zugang zu allen Funktionen, die Sie auch auf Ihrem Computer im Büro haben. Sie können das dann Herrn Hansen zeigen?« Mario bemerkte, dass er beobachtet wurde. Er blickte auf. Clarissa lächelte zu ihm hin. Er sah schnell weg und starrte auf den Bildschirm.

»Herr Bertollini?« Der Techniker wartete auf eine Antwort.

»Ja … ja, ich kann es ihm zeigen.«

»Gut, dann kann ich jetzt zurückfahren.« Mario wollte nicht, dass er ging. Er wollte nicht alleine mit Clarissa bleiben. Er suchte nach einer Ausrede, irgendeinen Ausweg. Doch es gab keinen. Jedenfalls keinen, der ihm einfiel. Der Techniker hatte genug anderes zu tun. Er konnte nicht verlangen, dass er für ihn Kindermädchen spielte.

»Ja, ich habe alles im Griff.« Etwas anderes konnte er nicht sagen. Er blätterte durch seine Mails.

»Na dann … ich wünsche Ihnen noch viel Erfolg. Und einen schönen Tag.«

»Danke, gleichfalls!« Die Tür schloss sich hinter ihm. Mario starrte den Bildschirm an. Er fühlte Clarissas Blick, versuchte, ihn zu ignorieren. Doch wirklich lesen, was in den Mails stand, nein, das schaffte er nicht.

»Ihr Onkel ist nicht hier. Er wollte sich nach all der Aufregung mit Herrn Kupinski ein wenig ausruhen.«

»Den suche ich auch gar nicht.« Sie kam näher und stellte sich hinter ihn. Dorthin, wo eben noch der Techniker gestanden hatte. Mario drückte sämtliche Knöpfe am Bildschirm. Dem Himmel sei Dank, er wurde schwarz. Er hatte den Knopf zum Ausschalten gefunden. Und wenn ein anderer Grund für das Verschwinden des Bildes verantwortlich war, dann war ihm das im Moment auch egal.

»Das sind geheime Dokumente! Ich muss Sie bitten, das Zimmer zu verlassen, während ich arbeite.«

»Warum nennt dieser Hansen Sie immer Bertolli?« Clarissa ging nicht auf Marios Worte ein. »Er behandelt sie nicht besonders kollegial, nicht wahr? Um nicht zu sagen, herablassend.« Mario atmete tief durch, zwang sich, ruhig zu bleiben. Seine Antwort war dennoch härter, als er beabsichtigt hatte, jenseits von höflich.

»Ich muss arbeiten! Ich habe keine Zeit für Plaudereien.« Clarissa ließ sich nicht abschrecken.

»Ich könnte dafür sorgen, dass Sie eine bessere Stelle bekommen. Ich kenne eine Menge wichtiger Persönlichkeiten. Und keiner wird einer Gräfin von Königsstein etwas abschlagen.« Ihre Finger strichen über seine Schulter, seinen Oberarm. Ihr Atem streifte sein Ohr. »Und das sollten Sie auch nicht tun!« Sie flüsterte es sanft. Dennoch, die Drohung in ihren Worten war unüberhörbar. Er musste hier weg! Das war das Einzige, was er noch denken konnte. Weg hier, weg, ehe Hansen ihn erwischte. Ehe er vollends den Verstand verlor, Dinge tat, die er hinterher bereuen würde. Er sprang auf.

»Entschuldigen Sie mich bitte!« Den Computer, er musste den Computer sperren. Noch einmal einen Schritt zurück, mit zitternden Fingern die drei Tasten drücken, bestätigen. Ihre Hände streiften seine Taille. Sein Atem beschleunigte sich. Weg hier! Nichts wie weg!

Die Tür öffnete sich, Hansen trat ein. Noch nie war Mario so froh gewesen, ihn zu sehen, auch wenn Hansen mit einem Blick erkennen konnte, wie nahe Clarissa bei Mario stand. Finster blickte er zu ihm herüber. Wenigstens hatte sie ihre Hände wieder bei sich und wich zurück.

»Ist jetzt alles eingestellt? Können wir weiterarbeiten?«

»Ja, der Techniker hat mir auf diesem PC Internet eingerichtet. Wenn Sie schauen möchten …« Langsam beruhigte sich Marios Atem. Hansen brummte und schritt zu ihm herüber.

Clarissa verließ das Zimmer. Ein harter Brocken, dieser schnuckelige Italiener. Aber sie würde nicht locker lassen, ganz sicher nicht.

## KAPITEL 5

Hansen setzte sich an Marios Computer. Er sagte nichts, doch Mario spürte sein Miss-fallen über das, was er eben gesehen hatte. Er wusste, dass Hansen ihm nicht glauben würde, egal, was er sagte.

»Haben Sie erfahren, ob es hier Internet gibt?«

»Ja … die junge von Mühlfeld wird sich darum kümmern. Sie möchte sich nur noch schnell umziehen, sie war in den Ställen.«

»Ah …« Mario stand neben Hansen und entsperrte den Computer. »Der Techniker hat mir schon den Zugriff auf das Netzwerk eingerichtet. Ich kann das für Sie machen, auf dem anderen Computer. Er hat mir gezeigt, was ich machen muss.« Hansen brummte zustimmend. »Schmittchen hat uns bereits Berichte der Kriminaltechnischen Untersuchung und der Pathologie per Mail weiter-geleitet.« In diesem Moment betrat Bianca das Zimmer.

»So, hier bin ich. Tut mir leid, dass Sie warten mussten. Wir haben hier im ganzen Haus W-LAN. Ich habe den Code mitgebracht.«

»Gut. Moment, ich fahre nur den anderen Computer hoch.« Bianca und Mario arbeiteten zusammen, schweigend. Hansen sah sich in der Zeit die Berichte auf Marios Computer an. Er war so vertieft, dass er sogar vergaß, die beiden zu beobachten.

»Herr Hansen«, unterbrach ihn Mario schließlich. »wir sind jetzt mit Ihrem Computer fertig. Können wir tauschen? Dann kann ich bei meinem selbst das Internet einrichten.«

»Was? Warum denn das? Es funktioniert doch!«

»Ja, aber nur über den Stick. Das W-LAN ist leistungsfähiger.«

»So?« Hansen stand auf. Sollte der Jungspund das machen. Ihn brauchte so etwas nicht mehr zu interessieren. Er las an seinem Computer weiter.

»Gut, ich lasse Sie dann alleine.« Bianca erhob sich schließlich. »Sie haben sicherlich noch viel zu tun und zu besprechen.«

»Ja … danke für Ihre Hilfe …« Mario bedauerte, dass sie aufstand. Er sah ihr nach und lächelte. Sie blickte zurück und lächelte ebenfalls.

»Bianca von Mühlfeld, wo waren Sie gestern Abend?« Hansen riss die beiden aus ihren Gedanken.

»Was?! Das habe ich doch schon gesagt, ich war in meinem Zimmer.«

»Kann das jemand bestätigen?«

»Nun ... nein ... aber warum?« Bianca sah unsicher von einem zum anderen.

»Hmm« Hansen starrte auf seinen Bildschirm.

»Kann ich gehen ... benötigen Sie mich noch? Ich habe noch einiges zu tun. Ich merke erst jetzt, wie sehr Pavel uns fehlt.«

»Hmm ... ja, ja – aber verlassen Sie das Gestüt nicht, halten Sie sich weiterhin zu unserer Verfügung.«

»Ja, selbstverständlich ... das hatte ich auch gar nicht vor ... ich kann gar nicht weg, ich werde hier gebraucht.«

»Gut, gut ...«

Mario starrte Hansen an.

»Was war denn das jetzt?«, fragte er, nachdem sich die Tür hinter Bianca geschlossen hatte.

»Lesen Sie die Berichte der KTU, Bertolli, lesen Sie die Berichte.«

Mario klickte die entsprechende Mail an, doch Anhänge öffnen? Irgendetwas stand darin, das Bianca verdächtig machte. Er wollte es nicht wissen und schloss die Mail. Die Mail aus der Pathologie. Er öffnete sie. Er las den Anhang durch.

»Schlafmittel«, dachte er laut. »eine hohe Dosis Schlafmittel, die Wirkung noch verstärkt durch den Alkohol. Und dann ein Schlag mit einem stumpfen, metallenen Gegenstand, um das ganze wie einen Unfall aussehen zu lassen. Schmutz und Rost legten nahe, dass die Wunde mit einem Hufeisen zugefügt worden war. Tödlich war sie nicht, tödlich war die Überdosis.«

»Hm …«

»Meist morden Frauen mit Gift. Und wenn es stimmt, dass dieser Pavel eine Geliebte hatte ...« Es konnte nicht Bianca sein. Bianca würde doch niemals etwas mit einem verheirateten Mann anfangen, oder?

»Hm« Egal, was Mario sagte, Hansen hatte nur ein Brummen übrig. Mario gab es auf. Er konnte es nicht auf Dauer umgehen. Irgendwann würde er den Bericht der KTU lesen müssen. Erneut öffnete er die Mail. Und jetzt auch den Anhang.

Sie hatten vor den Ställen einen Eimer mit Hufeisen gefunden. Auf einem der Eisen hatten sie Blutspuren entdeckt. Blutspuren und Fingerabdrücke. Biancas Fingerabdrücke. Und das Blut von Dolores.

»Das hat doch überhaupt nichts zu sagen«, flüsterte er vor sich hin. »Bianca arbeitet täglich in den Ställen. Ihre Fingerabdrücke sind dort sicher überall.« Hansen schnaubte. Offensichtlich hatte er Marios Flüstern gehört und war anderer Meinung. Mario beschloss, ihn nicht zu beachten. Er las den Bericht weiter. Fasern aus schwarzer Baumwolle. Bianca hatte Arbeitskleidung getragen, grün. Und ein Flanell-Hemd. Ein rot kariertes. Rot und Schwarz kariert. Sie hatte fantastisch ausgesehen. Mario biss sich auf die Lippen. Er durfte solche Gedanken nicht haben. Aber es konnte doch nicht sein, dass sie etwas mit dem Mord zu tun hatte. Es konnte einfach nicht sein.

»Vielleicht sollten Sie Ihre Freundin mal nach ihrer Kleidung fragen und sie Ihrem Freund von der KTU bringen, damit er die Fasern vergleicht.« Hansen schien seine Gedanken gelesen zu haben. Mario biss sich auf die Lippen, um ruhig zu bleiben. Er stand auf.

»Bleiben Sie hier, Mann! Ich habe einen Durchsuchungsbeschluss beantragt und Herrn Maier benachrichtigt. Zu irgendetwas muss dieser Computer ja gut sein.«

Der Blick, den Mario seinem Kollegen zuwarf, war sicherlich nicht angemessen für seine Stellung. Aber angemessen für dessen Verhalten, davon war Mario überzeugt. Er ließ sich auf seinen Stuhl fallen und rechnete wieder einmal, wie lange er ihn noch ertragen musste. Ansonsten konnte er nichts machen. Nur warten, bis Nils kam und Beweise gegen Bianca sammelte.

»Was für ein Motiv sollte Bianca von Mühlfeld haben? Sie liebt ihren Großonkel und ihr Großonkel liebt sie. Sie hätte keinen Grund gehabt. Und sie war ebenfalls der Meinung, dass es kein Unfall war. Wenn sie etwas mit dem Verbrechen zu tun gehabt hätte, hätte sie ihrem Großonkel widersprochen. Wir sollten auch in andere Richtungen ermitteln.«

»Nur zu, tun Sie, was Sie nicht lassen können!« Hansen wickelte ein Bonbon aus und lehnte sich gemütlich in seinem Sessel zurück. Mario konzentrierte sich auf seinen Computer, damit er Hansen nicht mehr ansehen musste. Dolores' Vergangenheit. Sie wussten nichts von ihr. Das Melderegister. Er gab ihren Namen ein. Bingo.

»Sie hat in Kiel gewohnt, ehe sie hierher gezogen ist.« Das Bundeszentralregister wies keine Eintragungen auf. »Keine Vorstrafen.« Hansen gab noch nicht einmal sein übliches Brummen von sich.

Dolores Rodriguez da Silva war noch in Kiel gemeldet. Zusammen mit einem Carlos Sanchez.

»Der ehemalige Mitbewohner der Toten ist wegen Verstößen gegen das Betäubungsmittelgesetz vorbestraft.« Immerhin, Hansen brummte wieder.

»Ehe Sie in weite Ferne schweifen, sollte Ihr Freund noch die Kleidung von Karin von Mühlfeld untersuchen. Sie ist wegen gefährlicher Körperverletzung vorbestraft.«

»Was?!«

Hansen drehte den Bildschirm so, dass Mario den Zeitungsartikel sehen konnte, den er in irgendeinem Archiv entdeckt hatte. Wie hatte er das nur geschafft? Mario musste zugeben, dass Hansen der Spürhund war, für den ihn seine Kollegen oft gelobt hatten. Allen voran Chef Conradt.

»Aber das ist fast 30 Jahre her. Wir waren Teenager im Internat. Saskia war eine arrogante Schlange, die ständig über mich hergezogen hat. Bis ich irgendwann die Nerven verloren und ihr einen Kerzenständer an den Kopf geschlagen habe. Und ja, dann weiter auf sie eingeprügelt habe.« Sie standen zusammen im blauen Salon und Hansen konfrontierte Karin von Mühlfeld mit der Entdeckung, die er gemacht hatte. »Das kann mir doch nicht mehr zum Vorwurf gemacht werden! Das hat unser Anwalt auch gesagt, damals. Dass das nach fünf Jahren gelöscht wird oder so. Ich bin nicht stolz darauf. Und ich habe mich geändert. Und überhaupt, wenn, dann hätte ich den Onkel meines Mannes erschlagen und nicht diese Dolores.« Karin hatte sich in Rage geredet und war rot angelaufen.

»Nun, wenn Sie nichts getan haben, warum haben Sie uns Ihre Tat verheimlicht?«

»Weil ich nicht wusste, dass das wichtig sein könnte? Was hat etwas, das so lange zurückliegt, mit dem Mord an dieser Dolores zu tun?«

»Sie haben sich auf jeden Fall verdächtig gemacht. Verdächtiger noch als wenn Sie es uns gleich gesagt hätten. Sind Sie damit einverstanden, dass unsere Kriminaltechnik Ihre Kleidung untersucht?«

»Ich kann mich ja doch nicht dagegen wehren ...«

Nils fuhr mit einigen seiner Mitarbeiter vor.

»Okay, ihr wisst, was wir suchen. Schwarze Kleidungsstücke aus Baumwolle oder Wolle.«

»Gut, dafür werden Sie mich ja nicht benötigen. Ich mache jetzt Feierabend.« Hansen ging zu seinem Auto. Mario zögerte, blickte auf seine Uhr. Halb sechs Uhr abends. Sie hatten schon wieder Überstunden gemacht. Luca wartete. Und doch …

»Nils, könntest du mir einen großen Gefallen tun?« Er lief seinem Kumpel hinterher. »Ich muss nach Kiel, den Ex von dieser Dolores befragen. Von Hansen kann ich keine Unterstützung erwarten. Aber alleine möchte ich da auch nicht hin.«

»Und ich soll mitkommen? Wie stellst du dir das vor?«

»Bitte, Nils, ich will keine Zeit verlieren. Und du musst auch nichts tun, einfach nur daneben stehen. Es ist nur zur Sicherheit.«

»Ach, dann auch noch heute? Mario, ich habe Familie! Und dein Herr Hansen will morgen früh Ergebnisse auf dem Tisch.«

»Das können doch deine Kollegen noch machen. So viele schwarze Kleidung werden die Damen nicht haben. Bitte Nils, eine halbe Stunde hin, eine halbe Stunde zurück.« Nils seufzte.

»Okay, warte, bis wir hier fertig sind.«


Mario wandte sich ab und überließ Nils seiner Arbeit. Diese Clarissa schlenderte auf ihn zu. Auch das noch! Er suchte Zuflucht bei seinem Freund und tat so, als ob er sich für dessen Arbeit interessieren würde.

»Guten Abend, Herr Oberkommissar Bertollini.« Sie ließ sich nicht abwimmeln. »Falls es sie interessiert, ich glaube nicht, dass das Prinzesschen oder meine Schwägerin etwas mit der Tat zu tun haben. Sie sind beide zu gutmütig. Aber sie sollten einmal mit meinem lieben Cousin sprechen. Er hat sich neulich recht abfällig über die liebe Verstorbene geäußert. Ihr schwere Sünden vorgeworfen. Sie ein teuflisches Weib genannt, das bald in der Hölle schmoren würde. Mein Angebot steht immer noch: Ich erzähle Ihnen gerne bei einem Abendessen mehr darüber.«

»Danke, nein! Ich gehe auch davon aus, dass Sie alles bereits Herrn Hansen gesagt haben. Ansonsten hätten Sie wichtige Aussagen zurückgehalten und sich strafbar gemacht. Und jetzt entschuldigen Sie mich, ich habe zu tun.« Mario wandte ihr den Rücken zu. Sie zog einen Schmollmund und verschwand. Nils grinste.

»Pff, ich wollte dich mal erleben, mit so einem aufdringlichen Weib.« Mario ließ ihn stehen, ging in den Garten und zog sein Handy heraus.

»Luca, hör zu, ich komme heute später. Hole dir etwas im Laden von Frau Krüger, okay!«

»Och nein, muss das sein? Warum kommst du denn schon wieder so spät? Ich will nicht alleine essen!«

»Luca, bitte, so oft komme ich nicht spät. Und heute geht es einfach nicht anders, ich muss noch einen Zeugen befragen, der in Kiel ...«

»Oh, cool, dann nimm mich einfach mit!«

»Das geht nicht, Luca.«

»Warum denn nicht? Ich habe schon alle Hausaufgaben gemacht und danach können wir gemeinsam irgendwo was essen.«

»Luca, das ist ...« Er konnte es seinem kleinen Bruder nicht abschlagen. Sie verbrachten sowieso viel zu wenig Zeit mit-einander. »Also gut, aber du bleibst im Auto, während wir die Befragung durchführen.«

»Klar, Cop!«


Mario legte auf und ging durch den Park. Sorgfältig in Form geschnittener Buchs säumte die Kieswege und trennte die Rasenfläche ab. In der Mitte der Rasenflächen blühten Rosen. Er hielt inne. Bianca saß auf einer der Steinbänke, die Füße auf die Bank gestellt, die Knie mit den

Armen umschlungen. Er wandte sich um, er wollte sie nicht stören.

»Kommissar Bertollini!« Sie hatte ihn entdeckt und rief ihn. Er wandte sich ihr wieder zu.

»Frau von Mühlfeld, ich möchte nicht stören.«

»Sie stören nicht. Ich … nun, ich muss das alles für mich ordnen. Das ist so verwirrend. Plötzlich soll ich es sein, die Dolores getötet hat. Das ist so unglaublich. Ich wollte einfach ein wenig in Ruhe nachdenken.«

»Also störe ich doch?« Er ging trotzdem näher zu ihr hin. »Ich glaube nicht, dass Sie etwas mit dem Tötungsdelikt zu tun haben. Das wird sich auch herausstellen, davon bin ich überzeugt. Die Wahrheit kommt immer ans Licht.« Er wusste, dass es nicht so war. Aber irgendetwas Tröstliches wollte er ihr sagen. Sie rückte ein wenig zur Seite und lud ihn mit einer Handbewegung ein, sich zu ihm zu setzen.

»Immer?«

»Ich habe noch nie erlebt, dass ein Unschuldiger im Gefängnis landete, Frau von Mühlfeld.« Im Grunde hatte er überhaupt noch nie jemanden verhaftet. Aber das musste sie im Moment nicht wissen. Sie wirkte so niedergeschlagen, sie konnte sicher jeden Trost gebrauchen, den sie bekommen konnte.

»Nennen Sie mich bitte nicht immer Frau von Mühlfeld, ich komme mir sonst so alt vor. Jeder nennt mich Bianca.«

»Okay, ich bin Mario!« Er lächelte sie an. »Freut mich, Bianca.« In diesem Moment rief Nils nach ihm. Er seufzte. Aber es war vermutlich besser so. »Den Bruderschaftskuss werden wir wohl verschieben müssen, bis der Fall aufgeklärt ist.« Sie wurde rot und lächelte ein wenig verschmitzt.

»Ich komme darauf zurück, Mario.«

Mario fuhr mit Nils los. Im Rückspiegel konnte er Clarissa von Königsstein erkennen. Sie starrte ihm nach.

Luca wurde auf der ganzen Fahrt nach Kiel nicht müde, zu erzählen, wie toll er es fand, bei den Ermittlungen dabei sein zu dürfen. Und dann auch mit Nils, den er sowieso cool fand. Ob er ihn wohl mal im Labor besuchen konnte? Das war sicher unheimlich spannend. In Physik und Chemie habe er eine Eins im Zeugnis. Und er wolle auch so etwas machen, als Beruf. Nils grinste nur, während Mario leicht genervt den Wagen durch die Straßen lenkte. Er atmete auf, als sie in die Straße einbogen, in der dieser Carlo wohnte, und er einen Parkplatz fand.

»Also! Du bleibst im Auto und rührst dich nicht, verstanden.«

»Ja, Papa!«

Sie stiegen aus. Mit einem Druck auf den Schlüssel schloss Mario den Wagen ab. Luca zeigte ihm den Stinkefinger.

»Meinst du nicht, dass du zu streng mit ihm bist? Luca ist für sein Alter doch vernünftig.«

»Ich weiß es nicht, Nils, ich weiß es nicht.« Mario seufzte. Er war gefangen zwischen seiner Pflicht als Kommissar und seiner Verantwortung für Luca. Und bei alledem tauchten viel zu oft diese blauen Augen vor seinem inneren Auge auf, dieser lächelnde rote Mund. Und machte alles noch viel komplizierter.

Carlos Sanchez wohnte in einem dreistöckigen Mehrfamilienhaus. Sicher aus dem letzten Jahrhundert, nach dem Krieg schnell hochgezogen. Er schaute verschlafen aus dem Fenster, nachdem sie geklingelt hatten, unrasiert, mit zerwühlten Haaren und nur mit einem Unterhemd bekleidet.

»Was wollen Sie? Ich kann keine Jehovas Zeugen und keine Versicherungsvertreter brauchen! Ich habe Nachtdienst.« Er wollte das Fenster wieder schließen.

»Kriminalpolizei, Herr Sanchez! Wollen Sie mit uns reden oder aufs Kommissariat kommen?«

»Eh, was soll das? Ich habe nichts getan! Ich bin sauber geworden. Nur weil ich einmal einen kleinen Fehler gemacht habe?« Mario verkniff sich eine Bemerkung zum Vorstrafenregister, das gegen 'einmal einen kleinen Fehler' sprach.

»Es geht nicht um Sie, Herr Sanchez, es geht um Frau Dolores Rodriguez da Silva.«

»Mit der Hure habe ich nichts mehr zu schaffen! Sie wohnt auch nicht mehr hier. Und wenn sie etwas angestellt hat, dann kann ich nichts dafür.«

»Sie hat nichts angestellt, Herr Sanchez. Sie ist tot. Und wir würden gerne ein bisschen mehr über ihre Vergangenheit erfahren. Können Sie uns helfen? Wir verdächtigen Sie nicht, wir benötigen Sie nur als Zeugen.«

»Was?!« Carlos Sanchez klappte die Kinnlade nach unten. Ein wenig zögerte er. »Geben Sie mir fünf Minuten.« Er schloss das Fenster.

Einige Minuten später öffnete er tatsächlich die Tür. Er hatte sich ein T-Shirt übergeworfen und sich gekämmt. In den Stoppeln seines Drei-Tage-Barts hingen Wassertropfen. Offensichtlich hatte er sich auch noch schnell Wasser ins Gesicht gespritzt.

»Verzeihen Sie meinen Aufzug. Ich habe noch geschlafen, ich arbeite für eine Sicherheitsfirma und habe Nachtschicht. Kommen Sie herein.« Er führte sie nach oben und bot ihnen einen Platz im Wohnzimmer an. Die Wohnung wirkte sauber und ordentlich aufgeräumt. Der erste Schein hatte getrogen. »Setzen Sie sich. Wie kann ich Ihnen helfen?« Er ließ sich selbst in einen Sessel fallen. »Dolores war ein Miststück! Aber dass sie tot ist ...« Er schüttelte den Kopf, immer wieder. »Was ist denn geschehen? Wurde sie umgebracht? Sicher wurde sie das, sonst würde hier ja nicht die Kriminalpolizei auftauchen. Sie war ein Miststück, aber das hat sie nicht verdient.« Er redete mehr zu sich selbst.

»Herr Sanchez« Mario räusperte sich, um ihn zu unterbrechen. »Sie ist in der Tat einem Tötungsdelikt zum Opfer gefallen. Was können Sie uns über sie sagen? Sie hat wohl behauptet, dass sie Kunst studiert hat. Und hier keine Arbeit fand und deshalb eine Stelle als Putzfrau annehmen musste. Stimmt das?«

»Kunststudium?« Er musste lachen. »Nein, ganz sicher nicht. Sie hat noch nicht einmal die Schule beendet. Seit sie 17 war hat sie in den Sommermonaten als Bardame in einer Strandbar gearbeitet. Sie ist die Cousine eines Freundes. Bei einer Party habe ich sie kennengelernt und sie mit nach Deutschland genommen. Das war vor drei Jahren. Alles habe ich für sie gemacht, sie hat nicht mehr arbeiten müssen. Ich habe mich für sie geändert, ein anständiges Leben begonnen. Und dann kam sie aus heiterem Himmel auf die Idee, diese Putzstelle anzunehmen. Und ist zu diesem reichen alten Knacker abgehauen und meinte, ich solle bleiben, wo der Pfeffer wächst.«

»Und Sie hatten eine ziemliche Wut auf sie?«

»Ja, zu Beginn schon. Aber das ist jetzt über ein Jahr her. Andere Mütter haben auch schöne Töchter. Ich habe mich mit ein paar Affären getröstet und seit zwei Monaten wieder eine Freundin, mit der ich mir sogar vorstellen könnte, Kinder zu bekommen. Ich bin wirklich glücklich. Und das mag jetzt seltsam klingen, aber das habe ich auch Dolores zu verdanken. Auch wenn sie es nicht wert war, ich habe mich für sie geändert. Wenn ich ein Kleinkrimineller geblieben wäre, hätte ich Lieske nie kennengelernt. Und wenn, dann hätte sie nichts von mir wissen wollen. Und diese Frau hat Klasse, sage ich Ihnen. Er griff nach hinten und zeigte ihnen ein Bild, das auf der Anrichte gestanden war. Das Portrait einer blonden Frau, die einen Schmollmund zog. Hübsch. Wenn auch nicht so hübsch wie Bianca. Kaum dass der Gedanke in seinen Kopf geschossen war schob ihn Mario wieder zur Seite.   Cazzo!

»Hatte Dolores sonst noch irgendwelche Bekannte? Die mehr über sie wissen könnten? Hätte sie sich Feinde machen können?« Carlos zuckte mit den Schultern, schüttelte dann aber den Kopf.

»Nein, das kann ich mir nicht vorstellen. Außer ihrer Kosmetikerin und ihrer Friseurin, hatte sie, denke ich, keine engeren Kontakte. Feinde?

Nein, sie hat sich ein schönes Leben gemacht, mein Geld unter die Leute gebracht und ihre Soaps im Fernsehen angeschaut. Wahrscheinlich hat sie sich da das Leben der Reichen und Schönen abgeschaut. Feinde macht man sich dabei nicht.« Mario nickte zustimmend.

»Und wo waren Sie vorgestern Abend?«, fragte Nils. Eine unnötige Frage, fand Mario. Diesen Mann konnten sie von der Liste der Verdächtigen streichen.

»Ich? Ich war arbeiten. Wie gesagt, ich habe diese Woche Nachtschicht. Vorher habe ich in Elses Eck zu Abend gegessen. Das mache ich oft, vor der Arbeit. Lieske arbeitet dort als Bedienung. Else wird Ihnen das bestätigen können.«

»Danke, Herr Sanchez!« Mario stand auf. »Sie haben uns wirklich geholfen, vielen Dank! Sagen Sie, wie ist das Essen in Elses Eck?« Der arme Luca fiel ihm wieder ein.

»Oh, wirklich prima, wenn man einfache Hausmannskost zu schätzen weiß.«

»Ah, sehr gut, genau richtig!« Das war er Luca wohl schuldig.

# KAPITEL 6

Luca saß an einem der Tische und schaufelte Kartoffelbrei mit Bratwurst und Soße in sich hinein. Der Junge konnte essen, es war unglaublich. Else schien glücklich über ihren jungen Gast, dem ihr Essen so gut schmeckte. Carlos Sanchez' Alibi hatte sie ihnen bestätigen können. Carlos käme oft hierher. Naja, wahrscheinlich weniger wegen des Essens, er sei ja Spanier und ihm liege nicht viel an deutscher Küche. Aber er habe ihrer Bedienung schöne Augen gemacht, Lieske. Die beiden seien jetzt wohl ein Paar. Naja, das ginge sie ja eigentlich nichts an, was ihre Angestellten und Gäste miteinander machten, solange die Arbeit nicht liegen blieb. Else hatte Mario und Nils, die sich auf Barhockern an der Theke niedergelassen hatten, jeweils ein Bier hingestellt und sich dann glücklicherweise zurückgezogen. Die beiden prosteten sich stumm zu und nippten an ihren Gläsern.

»Du bist der Fachmann, aber ich glaube, wir hätten gar nicht fragen müssen, ob Sanchez hier war. Nichts deutet darauf hin, dass er an der Sache beteiligt sein könnte, habe ich recht?« Mario antwortete nicht. Eigentlich hätte er auch etwas essen sollen. Außer den beiden Müsli-Riegeln und dem Apfel, den er schnell in sich hineingestopft hatte, während er am Computer saß, hatte er seit dem Frühstück nichts mehr gegessen. Aber er hatte keinen Appetit. Ja, Nils hatte so etwas von recht. Die Spur war völlig im Sand verlaufen. Eine andere? Fehlanzeige, soweit er das überblicken konnte. Bianca. Es konnte doch aber nicht sein. Oder doch? War sie schuldig und hatte ihm von Anfang an nur etwas vorgespielt? Mario schlief so gut wie nicht in dieser Nacht.

Mario hatte Luca zur Schule gebracht. und lenkte nun den Wagen auf den Parkplatz seines Lieblings-Eiscafés. Einen Ristretto im Stehen, soviel Zeit musste sein. Nur pures Koffein wirkte besser. Und wer wusste schon, was ihn heute alles erwartete. Dann fuhr er aus der Stadt hinaus zum Gestüt. Den Bericht über sein Gespräch mit Carlos Sanchez würde er sich sparen. Sein Ausflug nach Kiel war sowieso inoffiziell gewesen. Und warum sollte er seinen Misserfolg an die große Glocke hängen? Er fuhr sein Auto auf den Parkplatz vor dem Herrenhaus. Hansens Wagen stand bereits da. Natürlich, was hatte er anderes erwartet? Er ließ sich von Gisela in den gelben Salon führen.

»Danke, Gisela!«

»Da sind sie ja endlich.« Hansen hatte bereits seinen Computer hochgefahren.

»Guten Morgen, Herr Hansen. Gibt es etwas Neues?« Mario ging nicht auf den vorwurfsvollen Ton ein.

»Nein, ihr Freund von der Spurensicherung hat sich noch nicht gemeldet.« Sie schwiegen. Mario fuhr seinen Computer hoch, dachte nach. Er wollte niemanden verdächtigen, aber vielleicht war es doch eine vage Spur.

»Ich halte ja nicht viel von der Frau, aber Clarissa von Königsstein hat angedeutet, dass ihr Cousin Johannes sich sehr abfällig über die Tote geäußert hat. Unter anderem soll er gesagt haben, dass er ihr wünscht, sie solle bald in der Hölle schmoren.« Hansen brummte. Mario hatte nicht mehr erwartet.

»Rupert von Mühlfeld hat uns zum Frühstück gebeten«, erwiderte Hansen schließlich. »Wir sollen ihm von den neuesten Entwicklungen berichten. Soweit wir darüber reden dürfen. Vielleicht ist dieser Johannes auch da. Fragen können wir ja. Vorher rufen Sie aber noch in der Klinik an und fragen, ob dieser Pavel endlich vernehmungsfähig ist.« Mario presste die Lippen zusammen und nickte.

Der Anruf war schnell erledigt. Pavel war zwar wach und ansprechbar gewesen, aber die Ärzte rieten dringend davon ab, ihn jetzt schon vernehmen zu wollen. Sie würden sich melden, wenn sie es für verantwortbar hielten.

Der alte Baron saß im Frühstückszimmer, Bianca an seiner Seite, Johannes neben Bianca, als Hansen und Mario eintraten. Karin von Mühlfeld trug eine Kaffeekanne herein, der Tisch war reich gedeckt. Bianca lächelte Mario entgegen. Ihre Augen strahlten. Diese blauen Augen ... Er wich ihrem Blick aus.

Hansen musterte Johannes. Der schaute ihnen offen entgegen. Dennoch, das hatte nichts zu bedeuten. Er durfte niemandem trauen, diese Lektion hatte Mario gründlich gelernt.

»Johannes von Mühlfeld, ihre Cousine Clarissa hat behauptet, dass Sie der Verlobten Ihres Onkels nicht wohlgesonnen waren. Sie sollen behauptet haben, dass Frau Rodriguez da Silva bald in der Hölle schmoren wird.«

»Hat meine liebe Cousine das behauptet?« Johannes lächelte. »In der Tat, ich habe an Onkel Ruperts Geburtstag die Nerven verloren und Dolores freundlich darauf hingewiesen, dass sie in der Hölle schmoren wird, mit ihrem Verhalten. Sie hat Karin vor allen Gästen niedergemacht. Und das hat sie ganz sicher nicht verdient.« Der alte Baron schnaubte. Johannes ließ sich nicht davon beeindrucken. »Über den Zeitpunkt der Höllenfahrt habe ich jedoch keine Aussage gemacht. Und ich habe auch nichts getan, das dieses Ereignis beschleunigt hätte.«

»Na, so freundlich war dein Hinweis nicht, Onkel Johannes.« Bianca lachte. Mario fühlte einen Stich in seiner Brust.

»Johannes von Mühlfeld, wo waren Sie in der Tatnacht?«, fragte er härter als angemessen.

»Ich war bei einem Priesterseminar im Kloster Andechs. Und muss gestehen, dass wir nach der Tagung noch im Klosterkeller gelandet sind und die dortigen Schätze probiert haben. Ich kann Ihnen gerne die Adressen der anderen Priester geben. Oder die Nummer des Klosters.« Johannes blieb freundlich.

»Nun, das wird wohl nicht nötig sein. Geben Sie uns einfach die Teilnahmebescheinigung. Sie werden wohl nicht mit dem Hubschrauber hierher geflogen sein. Und anders wäre es zeitlich nicht möglich gewesen.« Hansen trank seinen Kaffee zu Ende und erhob sich. »Leider gibt es noch keine Neuigkeiten, Baron von Mühlfeld. Aber wir werden Sie verständigen, sobald wir etwas wissen. Wir sind wieder im gelben Salon.«

Mario stürzte seinen Orangensaft hinunter und folgte ihm, ohne sich umzusehen.

Bianca sah ihm nach.

Marios Handy piepte auf dem Weg zurück in den gelben Salon. Eine Nachricht von Nils: 'Du hast eine Mail'. Mit zusammengepressten Lippen setzte sich Mario vor seinen Computer. Was er wohl jetzt wieder für schlechte Nachrichten erhalten würde? Er öffnete die Mail der Spurensicherung. So schlecht waren die Nachrichten gar nicht. Zumindest nicht auf den ersten Blick. Hansen sprang auf. Offensichtlich hatte er die Mail ebenfalls gelesen.

Karin von Mühlfeld war noch immer im blauen Salon. Sie schüttelte die Kissen auf, als Hansen und Mario eintraten.

»Karin von Mühlfeld, ich muss Sie bitten, uns zu begleiten. Sie stehen im dringenden Tatverdacht, Dolores Rodruigez da Silva ermordet zu haben.«

»Ich soll was haben?« Karin starrte Hansen an. »Wie kommen Sie denn auf die Idee? Ich hatte Ihnen doch schon erklärt, dass meine Jugendsünde ...«

»Darum geht es auch nicht mehr, Frau von Mühlfeld! Es wurden Fasern Ihres Mantels an dem Hufeisen gefunden, an dem auch das Blut von Frau Rodriguez da Silva klebte. Und jetzt erklären Sie mir bitte, wie die dorthin gekommen sein sollen.«

Im ersten Moment war Karin sprachlos.

»Ich weiß es nicht!«, begann sie schließlich. »Aber mein Mantel hängt an der Garderobe im Flur. Jeder hätte ihn nehmen und anziehen können.«

»Und wer sollte das getan haben, Frau von Mühlfeld? Eine der Angestellten? Die waren nachweislich alle nicht mehr im Haus. Auch der Cousin Ihres Mannes hat ein wasserfestes Alibi!

Oder wollen Sie etwa behaupten, dass 20 Priester lügen? Und Ihre Schwägerin Clarissa? Die kann es ebenfalls nicht gewesen sein, sie wohnt zu weit weg. Außerdem hat sie kein Motiv.« Hansen lief im Zimmer auf und ab, während Karin von Mühlfeld auf der Kante des Sessels saß und ein Taschentuch zerknüllte.

»Aber was für ein Motiv sollte ich denn haben?«

„Der Onkel ihres Mannes wollte alle enterben und sein Testament ändern, alles Dolores Rodriguez da Silva vermachen. Wenn das kein Motiv ist, was dann?!«

»Aber wieso? Mein Mann und ich, wir werden doch auch nichts erben.«

»Was?!«

»Onkel Rupert … er will alles unseren Kindern vermachen. Unser Sohn wird die Werft und den Titel erben und Bianca das Gestüt. Das habe ich Herrn Bertollini doch erzählt.« Sie blickte fragend zu Mario hin. Der wurde rot.

»Was?!« Hansens Blutdruck stieg sichtlich an. Er starrte zu Mario. Der senkte den Blick. »Lassen Sie mich bitte einen Moment mit Herrn Bertolli alleine.« Er wartete, bis sich die Tür schloss, dann wandte er sich Mario zu.

„Was denken Sie eigentlich? Was fällt Ihnen ein? Sie unterschlagen Informationen?! So wichtige Informationen!? Wo Sie genau wissen, dass diese Bianca von Mühlfeld im Verdacht steht! Die ganze Zeit versuchen Sie mir einzureden, dass diese Bianca nichts mit dem Fall zu tun haben kann. Und dann so etwas? Wissen Sie, wie das auf mich wirkt? Als ob Sie sie mit Absicht decken! Ich habe Sie gewarnt, Bertolli, ich habe Sie gewarnt. Lassen Sie Ihre Finger von einer potentiellen Verdächtigen! Das wird Konsquenzen haben, das schwöre ich Ihnen! Das wird schwerwiegende Konsequenzen haben!« Mario schaute immer noch zu Boden und ließ Hansens Geschrei über sich ergehen. Es war berechtigt, er wusste es. Er hätte es nicht verschweigen dürfen.

»Es tut mir leid«, flüsterte er, als Hansen zwischen seinen wütenden Anklagen einmal Luft holte. „Es tut mir wirklich leid … ich …« 'Ich habe es einfach vergessen', hatte er sagen wollen. Er schaffte es nicht, zu lügen. Hansen sah ihn von oben bis unten an.

»Das wird Konsequenzen haben!«, sprach er noch einmal. »Warten Sie hier. Ich sorge dafür, dass diese Bianca hier erscheint.« Er verließ den blauen Salon, kehrte kurze Zeit später wieder zurück und ließ sich in den Sessel fallen, schweigend. Mario stand immer noch am Fenster. Er lehnte sich gegen das Fensterbrett und umklammerte es mit beiden Händen. Würde Hansen seine Drohung wahr machen? Musste er mit Konsequenzen rechnen? Und wenn ja, mit welchen? Die Tür öffnete sich und Karin von Mühlfeld trat mit ihrer Tochter ein.

»Frau Bianca von Mühlfeld!« Hansen erhob sich aus dem Sessel. »Ich muss Sie bitten, uns ins Kommissariat zu begleiten. Sie stehen im dringenden Tatverdacht, Dolores Rodriguez da Silva ermordet zu haben.«

»Was?!« Karin ließ sich in einen Sessel fallen, Bianca starrte von einem zum anderen.

»Aber wieso denn? Warum hätte ich … warum ich?«

»Wir haben genug Beweise gegen Sie. Ihre Haare in der Box des Pferdes, die Fingerabdrücke auf dem Hufeisen, die Fußabdrücke auf dem Weg … Und jetzt erfahre ich, dass Sie die Erbin des Gestüts sind. Sie allein. Wenn das kein Grund ist …«

»Aber … aber ich war das nicht!« Sie sah Mario flehend an. »Ich war das wirklich nicht. Ich könnte das doch niemals tun … das weißt du doch … oder glaubst du etwa auch …?«

»Bianca …« Mario wand sich. Sie machte mit ihren Worten seine Lage nur noch schlimmer. Er wollte ihr ja helfen. Aber er konnte nicht. Er konnte einfach nicht. Und vor allem würde er ihr nicht mehr helfen können, wenn Hansen dafür sorgte, dass er, Mario, von dem Fall abgezogen wurde. Oder, noch schlimmer, beurlaubt wurde. Ein Disziplinarverfahren angehängt bekam. Er wollte gar nicht weiterdenken. »Die Fakten sprechen gegen dich. Und daran müssen wir uns halten.«


Bianca musste sich gegen die Tür lehnen. Marios Stimme, sie war so kühl. Das musste ein Alptraum sein, ein furchtbarer Alptraum.

»Oh, die Fakten ...«, höhnte sie. »Ist das alles, was zählt? Ich dachte, du hättest Gefühl. Ich dachte, Du seist anders.«

»Bianca ...«

»Lassen Sie! Sie haben recht, ich war es.« Karin von Mühlfeld wirkte mit einem Mal völlig ruhig. »Ich wollte nicht zulassen, dass meine Kinder enterbt werden. Onkel Rupert töten, das habe ich mich nicht getraut. Aber diese Dolores, das war ein Kinderspiel.«

»Frau von Mühlfeld, es ehrt Sie, dass Sie Ihre Tochter schützen wollen, aber ...« Hansen starrte zu ihr hin.

»Mama, du musst mich nicht schützen, ich habe nichts getan!« Bianca unterbrach ihn.

»Das wird sich noch herausstellen!« Hansen sah von ihr zu ihrer Mutter. »Jetzt erklären Sie mir erst einmal, wie Sie Frau Dolores Rodriguez da Silva umgebracht haben.«

»Wie?« Karin schaute wieder unsicher von Hansen zu Mario und wieder zurück. »Nun, mit dem Hufeisen, wie sonst? Das ist doch die Tatwaffe, oder?«

»Nein, Frau von Mühlfeld! Hören Sie auf, uns anzulügen. Sie ...« In diesem Moment öffnete sich die Tür, der alte Baron trat ein. Sein Stock hämmerte auf den Boden.

»Stimmt es, dass Sie Bianca verhaften wollen? Die Angestellten tuscheln schon!«

»Ja, Baron von Mühlfeld, die Beweise sprechen gegen sie.«

»Dann haben Sie falsche Beweise! Arbeiten Sie gefälligst gründlicher!«

»Baron von Mühlfeld, das verbitte ich mir!«

»Es gibt da eine kleine Unstimmigkeit ...« Mario hatte die Akte noch einmal aufgeschlagen und den Bericht der KTU erneut studiert. Gründlich, ihn nicht nur überflogen wie vorhin. »Die Fasern des Mantels passen zu denen, die auf dem Hufeisen gefunden wurden, das stimmt. Aber es waren nicht die einzigen Fasern. Es wurden noch weitere gefunden. Und die ließen sich keinem der Kleidungsstücke der Damen von Mühlfeld zuordnen.« Mario schaute von der Akte auf. Er hatte es nur leise vor sich hin gesagt, doch es war still im Zimmer geworden. Die beiden Streithähne starrten ihn an.

»Und was heißt das jetzt?«, fauchte Bianca schließlich Mario an. »Sprechen die Fakten jetzt nicht mehr gegen mich?«

»Nun … ja … zumindest nicht mehr ausschließlich ...«, antwortete Hansen.

»Ich weiß sowieso nicht, wie Sie darauf kommen konnten, dass meine Bianca so etwas hätte tun können. Das ist lächerlich.« Der alte Baron hatte sich etwas beruhigt. »Kann ich also davon ausgehen, dass Sie meine Nichte nicht mitnehmen wollen?«

»Nun...«

»Na dann ist ja gut! Dann kann ich ja mit meiner Arbeit weitermachen.« Bianca ging hinaus und knallte die Tür hinter sich zu.

Der alte Baron schien versöhnt zu sein und ließ ihnen Kaffee bringen. Dann kehrten Hansen und Bertollini in den gelben Salon zurück. Hansen blätterte durch die Akten, Mario klemmte sich hinter den Computer. Es gab einfach keine Ansatzpunkte. Ja, vieles sprach dafür, dass Bianca die Täterin war, immer noch, auch wenn sie für den Moment entlastet war. Ihre Mutter? Die hatte ihre Tochter schützen wollen und sich verraten, weil sie die wahre Todesursache nicht kannte. Oder war das ein Trick gewesen? Soviel Durchtriebenheit traute Mario Karin von Mühlfeld nicht zu. Diese Reifenspuren … ein SUV, doch nicht Biancas Wagen, das hatten die Untersuchungen ihres Autos ergeben.

»Bertolli, Sie melden sich morgen früh bei Kriminaldirektor Conradt!« Mario nickte stumm. Hatte er wirklich geglaubt, dass Hansen das so einfach vergessen hätte? »Ich mache jetzt Feierabend. Lassen Sie Ihre Finger ebenfalls von dem Fall.« Wieder nickte Mario. Er hatte nichts anderes erwarten können. Sie fuhren ihre Computer herunter und gingen hinaus zu ihren Autos. Einmal früh Feierabend machen. Seit Tagen hoffte Mario darauf. Aber heute konnte er sich nicht darüber freuen. Clarissa von Königsstein stand wieder einmal auf dem obersten Absatz der Treppe und rauchte. Glücklicherweise ließ sie ihn in Ruhe. Ihre Anmache war das Letzte, was er jetzt brauchen konnte. Marios Handy klingelte, er nahm ab.

»Ja? Ja … gut, ich gebe es weiter.« Er legte auf. »Das war eine Schwester der Klinik. Pavel Kupinski kann jetzt vernommen werden.«

»Gut, ich werde mich morgen früh darum kümmern!« Hansen stieg in seinen Wagen. Mario seufzte und stieg ebenfalls in sein Auto. Er startete und fuhr die Einfahrt hinunter. Ob er jemals wieder hierher kommen würde? Ob Bianca ihm verzeihen konnte? Bianca, die immer noch nicht völlig entlastet war. Er würde heute Nacht sicher wieder nicht schlafen, dessen war er sich sicher.

## KAPITEL 7

Die Gänge der Klinik lagen in Dunkelheit. Nur die beleuchteten Hinweise auf die Notausgänge spendeten minimales Licht. Grünes, diffuses Licht. Gerade genug Licht, damit der Polizist, der vor Pavels Tür Wache hielt, die schlanke Gestalt und den knackigen Hintern der Nachtschwester bewundern konnte, die mit einem Klemmbrett und einer Tasche in das Zimmer trat und es wenig später wieder verließ. Er grüßte freundlich. Sie nickte nur und sah ihn nicht an. Ihr Gesicht lag im Schatten. Aber was für ein Hintern!

»He, wer sind Sie denn?!« Eine andere Schwester trat aus dem Schwesternzimmer. Die Dicke, vor der alle Respekt hatten. Die, die sich als Diensthabende bei ihm vorgestellt hatte. Sie leuchtete dem Rasseweib mit ihrer Taschenlampe ins Gesicht und blendete sie. Doch die ließ sich dadurch nicht aufhalten. Sie rannte los, hin zum Treppenhaus. Da hatte er wohl einen Fehler gemacht. Der Polizist sprang auf, ihr hinterher. Doch er holte sie nicht mehr ein.

»Er hätte tot sein können!« Die Nachtschwester starrte ihm entgegen und blaffte ihn an, als wäre er ihr Auszubildender. Sie hantierte mit den Infusionsflaschen herum. »Na los, verständigen sie ihre Kollegen!« Er tat, was sie sagte. Und überlegte, wie er das erklären sollte. Personenbeschreibung Knackarsch kam sicher nicht so gut. Glücklicherweise musste er nicht viel reden, die Nachtschwester konnte eine einigermaßen gute Beschreibung der Person abgeben.

Entgegen seiner eigenen Erwartung war Mario doch irgendwann einmal eingeschlafen. Das Klingeln seines Handys riss ihn aus dem Schlaf. Sein Diensthandy? Hansen? Er nahm ab.

»Hallo?«, meldete er sich verschlafen. Sein Blick fiel auf die Anzeige seines Radioweckers. Halb fünf.

»Bertolli! Bewegen Sie Ihren Hintern in die Klinik. Es hat einen Anschlag auf Pavel Kupinski gegeben.«

»Was?! Was genau ist passiert? Aber Sie sagten, ich solle … Chef Conradt …«

»Ach, vergessen Sie das erst einmal. Ich brauche Sie hier! Sofort! Dann erfahren Sie auch, was geschehen ist.«

»Ist gut, ich komme so schnell wie möglich.« Hansen legte einfach auf. Mario schälte sich aus den Decken, langsam, noch im Halbschlaf. Im Bad spritzte er sich kaltes Wasser ins Gesicht. Das musste reichen. Rasch schrieb er Luca einen Zettel und legte ihn neben einen Wecker in der Küche. Mammas alter Wecker, dieses penetrante Teil. Das würde seinen Bruder sicherlich aus dem Bett reißen. Dann fuhr er los.

»Ich wollte das nicht, Herr Kommissar. Sie hat mich erpresst. Ich habe mich auf sie eingelassen, ja. Das war ein Fehler. Das hätte ich nicht tun dürfen. Und dann hat sie mir gedroht, dass sie alles meiner Frau erzählt, wenn ich ihr nicht helfe. Das konnte ich meiner Frau doch nicht antun.« Pavel war am Leben. Hansen saß an seinem Bett und hörte ihm geduldig zu, als Mario von der Schwester in Pavels Zimmer gebracht wurde. »Sie hat mir an dem Abend noch eine Nachricht auf mein Handy geschickt, weil sie mich sehen wollte. Und dann habe ich ihr helfen müssen, Dolores von ihrem Zimmer in den Stall zu tragen. Ich kann ihn ja jederzeit ohne Probleme betreten. Die Hunde vertrauen mir. Zu dem Zeitpunkt war Dolores schon tot. Sie hat sich wohl mit Dolores getroffen und angeblich einen Versöhnungssekt trinken wollen. Und dann hat sie sie vergiftet. Und ich musste ihr helfen und wir haben dann noch mit dem Hufeisen ihren Kopf verletzt. Damit es wie ein Unfall aussieht, wenn sie gefunden wird. Und dann sind wir zu der Waldhütte gefahren. Das war immer unser heimlicher Treffpunkt. Ich dachte, sie wolle mit mir schlafen. Aber dann hat sie mich einfach in dieses Loch gesperrt.« Pavel fing an zu zittern und zu schluchzen. Die Schwester kam und schickte Mario und Hansen hinaus.

»Jetzt ist aber genug! Der arme Mann!«
»Der arme Mann wird sich für seine Tat verantworten müssen«, brummte Hansen. Aber er gehorchte der Schwester. »Kommen Sie, Bertolli, wir fahren zum Gestüt. Sorgen Sie dafür, dass alle im blauen Salon versammelt sind. Ja, im blauen Salon, das passt und ist nicht verdächtig. Ja, rufen Sie dort an und sorgen Sie dafür. Und fordern Sie Schutzpolizisten an. Aber sie sollen sich bedeckt halten, ich will nicht, dass sie zu früh gesichtet werden. Ich will nicht, dass irgendwer gewarnt wird. Vor allem sie nicht!«

Mario war noch immer müde. Aber er wagte nicht, auf dem Weg zum Gestüt einen Umweg über seinen Italiener zu machen. Vom Auto aus rief er auf dem Gestüt an. Karin nahm ab und versprach, alle im blauen Salon zu versammeln. Sie saßen jetzt sowieso beim Frühstück, das war kein Problem. Kurz lehnte sich Mario noch einmal zurück und schloss die Augen, nachdem sie aufgelegt hatte. Bianca ... sie war unschuldig, sie war wirklich unschuldig. Ob sie ihm würde verzeihen können?

»Kommen Sie, sie sitzen alle im blauen Salon.« Karin führte sie, als sie beim Gestüt angekommen waren. Gisela trug gerade Kannen mit Tee und Kaffee und eine Schale mit Plätzchen auf. Der alte Baron und Bianca saßen auf ihren Sesseln. Clarissa stand am Fenster, Johannes am Kamin. Karin von Mühlfeld schenkte Tee in die Tassen.

»Oh, die Herren Kommissare. Möchten Sie auch eine Tasse Tee oder Kaffee?«

»Nein danke, Frau von Mühlfeld. Wir sind aus einem unschönen Grund hier. Clarissa von Königsstein, ich verhafte Sie. Sie stehen im drigenden Tatverdacht, Dolores Rodriguez da Silva ermordet zu haben. Sie haben das Recht, die Aussage zu verweigern. Alles, was sie sagen, kann gegen sie verwendet werden.« Hansen konnte seine Belehrung nicht zu Ende sprechen. Clarissa lachte laut.

»So, bin ich jetzt an der Reihe, nachdem Sie den anderen nichts nachweisen konnten?«

»Nun, es gibt einen kleinen, entscheidenden Unterschied. Ihnen können wir die Tat zweifelsfrei nachweisen. Wir kommen gerade aus der Klinik. Pavel Kupinski hat Sie mit seiner Aussage schwer belastet. Ja, er hat Ihren Anschlag überlebt. Pech für Sie! Die Nachtschwester hat eine Personenbeschreibung abgegeben, die eindeutig auf Sie zutrifft. Und wie kommt wohl ihr SUV in der Tatnacht auf den Parkplatz des Gestüts, wenn Sie angeblich zuhause waren? Sie fahren doch einen SUV, nicht wahr? Die Kollegen in Hannover führen gerade eine Untersuchung Ihres Wagens durch. Wie kommen schwarze Baumwollfasern, Fasern der Handschuhe, die Sie so gerne tragen, auf das Hufeisen? Leugnen Sie nicht! Das wird ein einfacher Test unserer Kriminaltechnik bestätigen.«

»So, wird sie das?« Clarissa grinste breit. Doch sie wühlte mit einer Hand in ihrem Handtäschchen und verriet dadurch ihre Nervosität.

»Hier wird nicht geraucht! Und gib es wenigstens zu! Aber ich habe schon immer gewusst, dass du nichts taugst!«

»Aber, aber, Onkel! Warum sollte ich denn deine allerliebste Dolores umbringen? Von mir aus hättest du ihr alles vererben können, ich bin nicht auf dein Geld angewiesen, Onkel!« Sie lächelte spöttisch. Der fluchte und drohte ihr mit dem Stock.

»Du wirst auch so oder so nichts bekommen! Dafür werde ich sorgen.«

»Aber warum dann?« Bianca starrte ihre Tante an. Sie konnte es einfach nicht fassen. »Warum hast du das getan? Es gibt doch nichts, was es wert wäre, dafür ein Menschenleben auszulöschen.«

»Ach, mein naives, braves Prinzesschen, was denkst du dir nur? Glaubst du, ich hätte zugelassen, dass so eine Mitglied unserer Familie wird? Wie sieht das denn aus? Eine Gräfin von Königsstein, die verwandt ist mit einer dahergelaufenen Putzfrau? Ich habe es für uns alle getan, auch für dich, Schätzchen.« Bianca wollte etwas erwidern, aber Hansen kam ihr zuvor.

»Das werte ich jetzt als Geständnis! Sie sind verhaftet, Clarissa von Königsstein. Sie haben das Recht, einen Anwalt zu verständigen.«

»Nun mal nicht so eilig, Herr Kommissar. Ich würde mich noch nicht einmal von Kriminaloberkommissar Mario verhaften lassen.« Sie wühlte immer noch in ihrer Tasche. Mit einem Schritt war sie bei Johannes, der ebenso ungläubig wie die anderen der Szene gefolgt war. Es waren keine Zigaretten, die sie aus ihrer Tasche zog. Es war eine kleine Pistole, die sie ihrem Cousin an die Schläfe hielt. Bianca und Karin schrien.

»Lasst euch nicht von der Größe täuschen! Sie ist genauso tödlich wie die Hufe eines Pferdes oder eine Überdosis Schlafmittel. Und keiner will Schuld am Tod eines Priesters haben, oder?«

Der alte Baron tobte, während Clarissa Johannes zur Tür zog. Der schien der Einzige zu sein, der ruhig blieb.

»Clarissa, das ist nicht dein Ernst! Wir kennen uns seit unserer Kindheit. Du würdest mich nie und nimmer kaltblütig umbringen.«

»Willst du es wirklich darauf ankommen lassen, Johannes?« Sie stieß ihn vorwärts. Mario griff nach seiner Pistole, doch Hansens Hand legte sich auf seinen Arm. Wahrscheinlich hatte er recht. Diese Clarissa war zu allem fähig. Und hatte nichts mehr zu verlieren. Sie mussten zusehen, wie sie mit ihrer Geisel das Zimmer verließ.

»Gräfin von Königsstein, das hat doch keinen Sinn. Sie werden uns nicht entkommen können und das wissen Sie ganz genau. Machen Sie die Sache nicht noch schlimmer.« Hansen machte noch einen Versuch, sie zur Vernunft zu bringen. Doch Clarissa von Königsstein lachte nur. Die Tür fiel hinter ihr zu.

»Keiner verlässt das Haus!« Leben kam in Hansen, kaum dass die Tür geschlossen war. »Am besten, sie versammeln sich alle hier, falls diese Gräfin noch im Haus unterwegs ist. Bertolli, Sie bleiben hier und sorgen dafür! Und sagen Sie in den Ställen Bescheid. Die Pferdepfleger sollen sich in den Aufenthaltsraum zurückziehen und die Tür abschließen.« Mario nickte. Hansen verließ den blauen Salon. Mario wandte sich den Anwesenden zu. Der alte Baron saß noch immer in seinem Sessel. All seine Energie schien ihn verlassen zu haben. Er saß zusammengesunken da, ein kleiner, knochiger Mann. Immer wieder schüttelte er den Kopf. Nichts wies mehr auf sein sonst so energisches Auftreten hin. Bianca saß wie immer in dem Sessel neben ihm und hielt seine Hand. Sie wirkte gefasst, auch wenn eine einzelne Träne über ihre Wange lief. Sie ihr sanft wegwischen, sie wegküssen gar … Mario zwang sich, wegzusehen. Das war nun wirklich nicht der passende Moment für solche Gedanken. Karin von Mühlfeld hielt eine Serviette in ihrer Hand, knüllte sie zusammen, faltete sie wieder auseinander.

»Gibt es eine Möglichkeit, bei den Ställen anzurufen? Oder anderweitig dort Bescheid zu geben?«, wandte sich Mario an sie.

»Ja, ja, natürlich.« Zerstreut nickte Karin von Mühlfeld. »Wir gehen am besten ins Büro, dort ist die Kurzwahl eingespeichert.«

»Wissen Sie die Nummer auswendig? Dann kann ich mit dem Handy dort anrufen. Und wir können alle hier zusammen bleiben, das ist am sichersten. Das heißt … die anderen Angestellten, wissen Sie, wo sie sind? Dann kann ich sie hierher holen. Sicher ist sicher! Falls Ihre Schwägerin im Haus unterwegs ist.« Wieder nickte Karin.

»Gisela ist in der Küche … die anderen … Gisela wird es wissen. Glauben Sie denn wirklich … Clarissa, sie ist doch so eine vornehme Frau … ich kann immer noch nicht begreifen, dass sie eine Mörderin sein soll.«

»Nun, wie gesagt, sicher ist sicher. Wir können nichts bestätigen und nichts ausschließen.«

Mario versuchte, sie zu beruhigen. »Aber Sie sollten die Tür hinter mir abschließen und nur mir oder Herrn Hauptkommissar Hansen wieder öffnen.

»Ja ... ja, das werde ich.«

Mario kehrte eine Viertel Stunde später mit den Hausangestellten zurück. Von Clarissa war keine Spur zu sehen gewesen. Die Pferdepfleger waren verständigt. Das Warten begann. Immer wieder starrte er auf sein Handy. Keine Nachricht von Hansen. Wo war er? Ging es ihm gut? Cazzo, er hätte nicht alleine losgehen dürfen. Mario hatte seine Probleme mit Hansen, ja. Aber er war sein Partner. Und es gab nun mal Vorschriften. Hansen war doch sonst so genau. Nun, nicht immer. Nicht, wenn er ihn, Mario, ignorierte.

»Die Ställe!« Biancas Schrei riss ihn aus seinen Gedanken. Sie starrte mit weit aufgerissenen Augen zum Fenster hinaus. Rauch stieg auf. Dicker, schwarzer Rauch!

»Die Pferde! In den Boxen! Die beiden trächtigen Stuten!« Bianca hielt nichts mehr. Sie stürzte zur Tür hinaus.

»Bianca! Cazzo!« Mario sprintete ihr hinterher. Die Tür zum Hinterausgang fiel ins Schloss. Hinterher! Bianca rannte über den Kiesweg.

»Bianca! Komm zurück!« Sie dachte nicht daran. Rannte weiter. Er hinterher. »Cazzo!«

Vor den Ställen holte er sie ein. Er packte sie am Arm und hielt sie zurück.

»Lass mich!«

»Bianca! Du kannst nichts mehr tun!« Eines der Gebäude stand lichterloh in Flammen, Das Feuer griff auf die anderen über. Selbst hier, bestimmt noch 50 Meter entfernt, brannte die Hitze auf ihrer Haut. Mario hustete, der Rauch, der zu ihnen herüberwehte, reizte seine Lungen. Er zog Bianca an sich, barg ihr Gesicht an seiner Brust und hielt sie fest. Sie schluchzte, sein Hemd wurde nass von ihren Tränen. Ein lautes Donnern. Das Gebälk brach zusammen, eine der Mauern stürzte ein. Weiter fraß das Feuer, mit lautem Prasseln. Verzweifelt klammerte sie sich an ihm fest. Er streichelte über ihren Rücken, immer wieder. Etwas Tröstliches sagen wollte er. Doch es fiel ihm nichts ein. Alles hätte hohl und leer geklungen, angesichts dieser Katastrophe. Die Feuerwehr, ob schon irgendwer die Feuerwehr benachrichtigt hatte? Sie mussten zurück ins Haus. So schnell wie möglich.

»Ach, welch schönes Paar!« Mario schreckte auf. Clarissa! Sie stand ihnen gegenüber, zielte mit ihrer Pistole abwechselnd auf Mario und Bianca. Sie war allein. Kein Johannes, kein Hansen. »Ich wusste, dass ich unser liebes Prinzesschen würde aus dem Haus locken können, wenn hier alles untergeht.« Sie lächelte. »Wen soll ich zuerst erschießen? Dich oder Deinen Herrn Kriminaloberkommissar?«

»Das hat doch keinen Sinn, Frau von Königsstein! Bitte, legen Sie die Waffe weg.«

»Oha, der Herr Kriminaloberkommissar kann ja plötzlich Bitte sagen.« Sie lachte laut. Mario schob Bianca hinter sich und griff langsam mit seiner Hand unter seine Jacke. Sein Holster, seine Pistole. Ein ohrenbetäubender Knall, ein Schlag gegen seine Brust. Er wurde nach hinten geschleudert. Fiel. Riss Bianca mit sich. Ihr Schrei klang weit entfernt. So weit entfernt.

Bianca schrie. Vor Wut. Aus Angst. Aus Angst um diesen Mann, der auf ihr lag und sich nicht mehr rührte. Mario. Nicht tot sein, bitte nicht tot sein. Langsam bahnte sich Blut den Weg aus seiner Brust. Nicht sterben! Sie war so hart zu ihm gewesen. Er sollte nicht sterben. Wenn sie nun nicht mehr miteinander würden sprechen könnten? Clarissa. Sie kam näher, langsam, als wenn sie jeden Schritt genießen würde. Als wenn sie Biancas weit aufgerissene Augen genießen würde, die ihr entgegen starrten. Sie lächelte breit.

»Erst der nette Kriminaloberkommissar, der mich ignoriert hat, dann das Prinzesschen, das ihn mir weggenommen hat. So gefällt mir das.« Sie lachte. Sie war irre, eindeutig. Clarissa hob die Pistole und zielte auf Bianca. Irre oder nicht, sie würde sie umbringen. Bianca schloss die Augen. Sie konnte nicht verhindern, dass sie feucht wurden. Aber das sollte Clarissa nicht sehen.

Ein weiterer Knall. Ein Schrei, ein Gegenstand, der zu Boden fiel. Vorsichtig öffnete Bianca die Augen. Clarissa, sie hatte die Pistole fallen lassen. Ihre Hand, sie hielt sie ein wenig von sich weg und starrte darauf. Ungläubig. Blut rann an ihr entlang, färbte ihre grauen Handschuhe schwarz. Sie hatte ihren Mund geöffnet, doch kein Laut kam über ihre Lippen.

»Altes Eisen! Zum alten Eisen wollen die mich stecken! Ha!« Hansens Stimme. »So einen Schuss soll mir erst einmal jemand nachmachen. Ich bin immer noch der beste Schütze des ganzen Kommissariats, da gehe ich jede Wette ein.« Er winkte und zwei Uniformierte übernahmen es, sich um Clarissa zu kümmern. Er selbst ging hinüber zu Bianca und half ihr, unter dem schweren Körper Marios hervor zu kommen. Einer der Pferdepfleger eilte herbei, rußverschmiert von oben bis unten.

»Wir haben die Pferde rechtzeitig aus dem Stall holen können, Frau von Mühlfeld.« Bianca nahm seine Worte kaum wahr. Mario. Sie konnte nur noch auf diesen Fleck auf seinem weißen

Hemd starren, der langsam immer größer wurde, wie das Kaninchen auf die Schlange. Mario.

Husten, nach Luft ringen. Ersticken, er würde ersticken. Ein neuer Hustenanfall. Der Geschmack von Blut in seinem Mund. Schwärze, Dunkelheit, die ihn lockte, zu sich zog.

»Hiergeblieben, Bertollini! Bleiben Sie bei uns. Das ist eine dienstliche Anweisung. Nicht ohnmächtig werden.« Hansen? Aber Hansen würde ihn doch nie Bertollini zu ihm sagen.

»Mario, bitte, halte durch, bitte, bitte …« Die Stimme einer Frau, die Stimme Biancas. Husten, die Schwärze, die ihn zog. Ein Brummen, wie weit entfernt. Menschen um ihn, Fremde. Eine Maske über seinem Gesicht, endlich Sauerstoff. Doch die Schwärze gewann.

Clarissa wurde abgeführt, hin zum Streifenwagen. Ihr Blick fiel auf den am Boden liegenden Mario.

»Schade um die schöne Jacke ...«

Sie blickten dem Hubschrauber nach. Endlich gestattete sich Bianca Tränen. Doch als Herr Hansen ins Auto stieg, wagte sie nicht, ihn zu fragen, ob sie mit ins Krankenhaus fahren durfte.

»Bertollini, Mario Bertollini! Wie geht es ihm?« Henrich Hansen rannte an den Empfang der Thorax-Klinik. Die Krankenschwester blickte in ihren Computer.

»Bertollini? Ah, hier … sind Sie ein Angehöriger?« Die Schwester blickte auf und musterte ihn.

»Ich bin sein Partner! Herr Bertollini ist Kriminalbeamter. Er ist angeschossen worden … bitte, wie geht es ihm? Lebt er?«

»Nun, eigentlich darf ich Ihnen keine Auskunft geben. Aber viel sagen kann ich sowieso nicht. Er ist in Operationssaal drei gekommen.«

»Wo ist das?«

»Sie können da nicht hin. Die Operation dauert auch noch an, Sie können nicht in den Operationssaal.«

»Kann ich nicht irgendwo warten? Bitte, ich muss Gewissheit haben. Er ist mein Partner.« Die Krankenschwester bekam Mitleid mit ihm.

»Den Gang entlang links ist unsere Cafeteria. Wenn Sie dort warten, kann ich Ihnen Bescheid geben, sobald ich etwas weiß. Ich setze mich mit der Chirurgie in Verbindung, damit sie mir Bescheid geben, sobald es etwas Neues gibt. Wissen die Angehörigen von Herrn Bertollini schon davon? Es wäre uns eine große Hilfe, wenn Sie sie verständigen könnten.«

»Ja … ja natürlich, das werde ich machen.« Er war froh, dass er etwas tun konnte. Irgendetwas, das Bertollini half. Ein Münztelefon auf dem Weg zur Cafeteria. Die Angehörigen benachrichtigen. Diesen Bruder, diesen Luca. Er wusste nichts über ihn. Er kannte noch nicht einmal die Privatnummer seines engsten Kollegen. Aber Elisabeth anrufen, das konnte er. Er musste ihr sagen, dass er später nach Hause kommen würde. Und auf dem Kommissariat melden musste er sich. Aber zuerst Elisabeth. Er warf Münzen in den Apparat und wählte.

»Elisabeth … ich bin es … es ist etwas Schreckliches geschehen … nein, mir geht es gut, aber Mario Bertollini … er wurde angeschossen … wird operiert … ich bin im Krankenhaus und möchte warten … nein, du musst nicht kommen … nein, ich habe keine Ahnung, ob sein Bruder Bescheid weiß. Ich werde das Kommissariat bitten, dass die das übernehmen … nachher …« Er konnte nicht mehr darüber reden, nicht im Moment.

Nachher … was immer Henrich damit meinte. Der Junge musste so schnell wie möglich benachrichtigt werden. Es war früher Nachmittag, er war bestimmt zuhause. Machte seine Hausaufgaben und dachte an nichts Böses. Sie schlug das Telefonbuch auf. Bertollini, Ilse Bertollini. Einen anderen Eintrag 'Bertollini' gab es nicht. Das war sicher der Name der Mutter. Nun, das Telefonbuch war schon fast ein Jahr alt. Wenn der Junge jetzt auch noch seinen Bruder verlieren würde … Sie wählte die Nummer.

»Hallo?«

»Hallo, spreche ich mit Luca Bertollini?«

»Und wenn?«

»Ich bin Elisabeth Hansen, die Frau des Partners deines Bruders. Luca, ich habe eine schlechte Nachricht. Dein Bruder, er ist angeschossen worden.«

»Was?!«

»Ich weiß nicht, wie es ihm geht, mein Mann sagte eben, dass er noch operiert wird.«

»Das kann nicht sein … mein Bruder ist cool, er war beim BKA, hat Personenschutztraining mitgemacht … der lässt sich nicht einfach anschießen!«

»Luca, es tut mir leid, ich weiß auch nichts Genaues – aber ich fahre jetzt in die Klinik. Wenn du mitkommen möchtest, dann kann ich dich mitnehmen.«

»Ist das ein Trick? Wollen Sie mich entführen, um sich an Mario zu rächen? Hat er einen Angehörigen von Ihnen hinter Gitter gebracht? Auf so etwas falle ich nicht herein«

»Luca …« Elisabeth seufzte und musste doch ein wenig lächeln. Als Frau eines Polizisten konnte sie ihn verstehen. Er vertraute keinen Fremden. Und das war eigentlich gut. Henrich hatte ihren Kindern auch immer wieder eingeschärft, dass sie nicht mit Fremden reden durften. Sie hatte das manches Mal für übertrieben gehalten, aber die Welt war nun einmal wirklich schlecht. »Er ist in die Thorax-Klinik eingeliefert worden. Wenn du dort nachfragen willst …« Stille am anderen Ende der Leitung.

»Und Sie wissen wirklich nicht, wie schwer er verletzt ist?«, flüsterte Luca schließlich. Er klang plötzlich sehr jung.

»Nein, leider nicht.«

»Wenn Sie sowieso hinfahren … könnten Sie mich mitnehmen? Ich wäre mit der Straßenbahn über eine Stunde unterwegs.«

»Ja, das ist kein Problem. Friedrichstraße, nicht wahr. Dann bin ich in einer Viertel Stunde bei dir.«

»Danke …«

Er schwieg auf dem ganzen Weg, starrte geradeaus, die Hände in den Taschen der Lederjacke verborgen. Elisabeth ließ ihn in seinen Gedanken. Im Krankenhaus steuerte sie mit festen Schritten auf den Empfang zu. Luca folgte ihr mit gesenktem Kopf.

»Guten Tag. Wir sind wegen Mario Bertollini hier. Wer kann uns Auskunft darüber geben, wie es ihm geht?«

»Sind Sie Angehörige?«

»Ich bin sein Bruder.« Wieder klang Luca jung, verletzlich. Die Schwester nickte verständnisvoll.

»Moment, ich rufe in der Chirurgie an.« Sie nahm den Hörer ab. Luca wandte sich ab und starrte zum Eingang.

»Herr Bertollini?« Die Schwester hatte aufgelegt. Luca konnte sich nur zu ihr umwenden, brachte kein Wort heraus. »Ihr Bruder ist immer noch im Operationssaal, aber die OP ist bisher wohl positiv verlaufen. Sie sind gerade dabei, die Wunde zu schließen. Wenn Sie in der Cafeteria warten wollen? Den Gang entlang und dann links. Ein Herr ist bereits dort. Ich werde Ihnen eine Nachricht zukommen lassen, wenn es etwas Neues gibt.«

»Das ist sicher mein Mann.« Elisabeth nickte. Luca wehrte sich nicht, als sie einen Arm um seine Schultern legte.

Henrich Hansen saß vor einer Tasse Kaffee, doch getrunken hatte er noch keinen Schluck. Er starrte in die Tasse vor sich und rührte darin herum.

»Henrich!« Seine Frau hatte ihn erblickt und eilte auf ihn zu. Ein Jugendlicher folgte ihr, schwarze Haare, dunkle Augen. Bertollinis Bruder. Er hatte ganz vergessen, im Kommissariat anzurufen. Sie setzten sich zu ihm.

»Es tut mir leid, es tut mir so leid …« Hansen glaubte, sich bei Luca entschuldigen zu müssen. »Über vierzig Jahre bin ich nun schon bei der Polizei … früher, in den ersten Jahren, noch bei der Schutzpolizei … aber nie, nie ist einem meiner Partner etwas passiert. Und jetzt das! Es wird Zeit, dass ich in Rente gehe, allerhöchste Zeit.« Keiner erwiderte etwas, Elisabeth fasste seine Hand. Luca hatte seine Hände noch immer in den Taschen seiner Jacke vergraben. Er starrte auf die Tischplatte vor sich, doch wirklich wahrnehmen tat er nichts. Die Minuten schlichen dahin.

»Herr Bertollini?« Die Stimme einer Schwester riss sie aus ihren Gedanken. Luca sprang auf und sah sie mit großen Augen an. »Es ist alles in Ordnung. Ihr Bruder ist jetzt im Aufwachraum. Wenn Sie möchten, kann ich Sie hinführen.« Luca brachte ein Nicken zustande.

»Frau Hansen … und Herr Hansen … können sie mitkommen?«

»Wenn Sie möchten … aber Ihr Bruder braucht vor allem viel Ruhe.«

»Die soll er auch bekommen. Wir begleiten Luca nach oben und halten uns im Hintergrund.«

»Aber ich muss doch wissen, wie es meinem Partner geht!«

»Das wirst du auch erfahren, Henrich.« Elisabeth hakte sich bei ihrem Mann unter und strich ihm beruhigend über den Arm.

Piepsen, ein stetiges Piepsen. Marios Lider flatterten, er schlug die Augen auf. Ihm war übel. Wo war er nur? Er lag auf einer Matratze, die nicht seine war. Über ihm nur eine weiße Zimmerdecke.

»Hi Cop!« Lucas Stimme an seiner Seite. Mühsam drehte Mario den Kopf in die Richtung. Sein Bruder saß neben seinem Bett.

»Ciao Champ!«, flüsterte er. Langsam kam die Erinnerung zurück. Der brennende Stall, Bianca, Clarissa. »Was …« Er schloss die Augen, war müde, so müde. Er schlief wieder ein. Eine Schwester trat an das Bett und blickte auf die Geräte.

»Er wird noch viel schlafen, in den nächsten Stunden. Das ist ganz normal, nach einer Narkose.« Elisabeth trat an Luca heran und legte eine Hand auf seine Schulter.

»Hast du schon etwas gegessen, Luca? Möchtest du mit uns nach Hause kommen? Oder hast du jemanden, der für dich sorgt?« Luca schüttelte den Kopf.

„Ich komm schon klar …«

»Das musst du nicht! Komme einfach mit zu uns nach Hause. Du kannst mit uns zu Abend essen und ich kann dich danach wieder ins Krankenhaus fahren, wenn du möchtest. Wir können uns erkundigen, ob du über Nacht hierbleiben kannst. Sicher darfst du auch einmal einen Tag von der Schule zu Hause bleiben. Und dann wird sich eine Lösung finden. Du kannst gerne bei uns wohnen, solange dein Bruder im Krankenhaus bleiben muss.« Sie stieß Henrich an.

»Was? Ach so, ja, natürlich …« Er hatte noch andere Sorgen, blickte zur Schwester. »Wie geht es ihm? Wird er durchkommen? Wie schlimm ist es?« Die Schwester blickte ihn an.

»Darüber kann Ihnen nur der Arzt Auskunft geben.«

»Können wir ihn sprechen?«

»Ich werde sehen, was ich tun kann. Er ist schon wieder in der nächsten OP, aber das ist ein Routineeingriff, er wird bald beendet sein.«


Sie warteten eine weitere halbe Stunde. Mario schlief, Luca hielt seine Hand. Elisabeth und Henrich saßen auf Plastikstühlen im Hintergrund. Endlich erschien der Arzt. Kurz blickte er auf den Bildschirm und die Auswertungen.

»Herrn Bertollini geht es den Umständen entsprechend ... Die Patrone hat die Lunge verletzt, aber er hatte noch Glück im Unglück. Nur die Spitze des Geschosses ist in den Luftraum eingedrungen. Das Loch in der Lunge war also nur minimal. Wir konnten das Problem also leicht beheben.«

»Dann geht es ihm also gut?«

»Den Umständen entsprechend. Sein Brustraum wurde mit Luft gefüllt, einer seiner Lungenflügel mit Blut ... wir haben getan, was wir konnten ... alles weitere liegt nicht in unserer Hand. All das war eine enorme Belastung für einen Körper, auch für einen durchtrainierten

Mann.« Er blickte zu Luca und sah seinen entsetzten Blick. »Nun, ich neige zu vorsichtigem Optimismus.« Er lächelte beruhigend.

»Hi Cop!«

»Ciao Champ!« Mario blickte Luca und Frau Hansen, die gerade durch die Tür traten, entgegen. »„Ich kann Ihnen nicht genug danken, Frau Hansen!« Marios Kopfteil war nach oben gestellt, er lehnte in den Kissen. Von Tag zu Tag ging es ihm besser. Dennoch, weitere Tage im Krankenhaus lagen vor ihm. Elisabeth Hansen hatte Luca aufgenommen wie einen Sohn. Sie kümmerte sich um ihn und fuhr jeden Tag mit ihm in die Klinik, um Mario zu besuchen.

»Das ist doch selbstverständlich. Es sollte es jedenfalls sein. Mein Mann lässt sie grüßen, er und das gesamte Kommissariat.«

»Danke! Wie geht es ihm?«

»Gut. Ich habe nachgegeben und er hat einen Antrag auf Dienstverlängerung gestellt. Er wäre einfach nicht glücklich als Pensionär. Sie werden ihn also noch weiter ertragen müssen.«

»Nun, wenn er jetzt wieder glücklich und ausgeglichen ist, dann wird das halb so schlimm. Mario lachte. Elisabeth Hansen lachte mit ihm. Dann wurde sie wieder ernst.

»Er ist vor allem glücklich darüber, dass es Ihnen wieder gut geht. Er hätte es sich nie verziehen, wenn Ihnen etwas passiert wäre. Und er hat daraus gelernt, Herr Bertollini.« Mario nickte stumm. Dann wandte er sich an Luca.

»Was machen die Hausaufgaben, Champ?«

»Hast du keine anderen Sorgen? Frau Hansen ist nur halb so streng wie du! Und ich mache meine Aufgaben trotzdem. Außerdem darf ich mir wünschen, was es zu essen gibt. Endlich einmal nicht jeden Tag Pasta.« Jetzt, wo er sich keine Sorgen mehr um seinen Bruder mehr machen musste, wurde er wieder frech. Er lümmelte sich in den Stuhl neben dem Bett. Elisabeth Hansen setzte sich in den Hintergrund.

Die Türe öffnete sich. Der alte Baron. Und Bianca! Ihm wurde heiß, sein Gesicht färbte sich rot. Elisabeth Hansen stand auf und bot Rupert von Mühlfeld den Stuhl an. Er ließ sich ächzend darauf fallen. Bianca stellte sich an das Fußende des Bettes und lächelte ihn an. Ihre Augen … es war es wert gewesen …

»Herr Bertollini, ich muss mich bei Ihnen bedanken, von Herzen bedanken. Sie haben meiner Bianca das Leben gerettet!« Der alte Baron riss ihn aus seinen Gedanken.

»Das … das war selbstverständlich.«

»War es nicht!« Der Stock des Barons schlug auf den Boden. »Wann immer Sie etwas brauchen, sagen Sie Bescheid!«

»Das ist nicht nötig … ich darf auch nichts annehmen … Korruptionsverhütung … das heißt …« Diese Augen … er konnte seinen Blick nicht von ihnen losreißen. »Wenn ich Ihre Lieblingsnichte einmal zum Essen einladen dürfte …« Der Baron sah zwischen den beiden hin und her.

»Nun … wenn sie möchte, werde ich es nicht verhindern können.« Bianca wurde über und über rot. Auch Luca blickte zwischen den beiden hin und her und grinste. Sein Bruder war verliebt. Nun, sollte er ein bisschen Spaß haben.

»Also ich würde nicht ablehnen. Mario kocht die beste Pasta nördlich der Alpen!« Bianca blickte verlegen zuerst auf die Bettdecke, dann an die Wand. Doch sie lächelte.

»Gerne«, flüsterte sie.

## BONUS

*Sie wachsen einem Autor ans Herz, diese Protagonisten. Und sie haben eine Vergangenheit.*

*Eigentlich war es nur eine Schreibübung, dass ich mir über Marios Vergangenheit Gedanken gemacht und sie aufgeschrieben habe. Ich möchte sie euch, liebe Leser, nicht vorenthalten.*

## MARIOS VORGESCHICHTE

Mario Bertollini saß an seinem Schreibtisch im Berliner Bürogebäude des Bundeskriminalamts und übersetzte. Ein Anruf, Lindenmanns Nummer auf dem Display.

»Herr Lindenmann?«

»Herr Bertollini, Herr Mertens vom SO hat mich gebeten, dass ich Sie ihm ausleihe. Er braucht einen Fahrer für eine verdeckte Ermittlung. Also, melden Sie sich bei ihm!«

»Ich darf bei einer verdeckten Ermittlung mitmachen?« Sein Kollege blickte auf.

»Ja, ausnahmsweise … nur ausgeliehen, Herr Bertollini, nur ausgeliehen. Gewöhnen Sie sich nicht zu sehr daran.«

»Danke!« Er strahlte, legte auf.

»Na dann herzlichen Glückwunsch! Da haste ja endlich, was du immer wolltest.«

»Noch nicht, aber es ist ein Anfang.«

»Herr Bertollini, setzen Sie sich.« Mertens hatte ihn in sein Büro bestellt, wies nun auf zwei Sessel in der Ecke und setzte sich ihm gegenüber. »Sie haben regelmäßig am Personenschutztraining teilgenommen? Gut! Sie brauchen nichts weiter tun. Es geht lediglich darum, einen unserer verdeckten Ermittler zu einem Treffen zu fahren und ein Auge auf die ganze Situation zu haben. Nicht mehr und nicht weniger. Ansonsten werden Sie sich zurückhalten. Der Kollege, der das bisher getan hat, fällt leider aus, wir brauchen dringend Ersatz. Sie sprechen italienisch?«

»Ja, ich bin zweisprachig aufgewachsen. Ich habe die ersten Jahre meines Lebens in Italien verbracht.«

»Gut, sehr gut!« Mertens blätterte durch die Akte, die er die ganze Zeit in der Hand gehalten hatte. Die Personalakte von Mario Bertollini. »Ah ja … hier … nun … wenn ich das so lese … ich muss Sie noch einmal ausdrücklich darauf hinweisen, dass Sie sich zurückhalten sollen und den Einsatz nicht als privaten Rachefeldzug benutzen.«

»Selbstverständlich … das ist alles Jahre her, ich war noch ein Kind. Und es wäre ja auch nicht Rache an den Verantwortlichen.«

»Aber es war einer der Gründe, warum Sie eine Ausbildung beim BKA gemacht haben.«

»Nun … ja … aber es geht mir nicht um Rache. Es geht mir darum, dass solchen Machenschaften Einhalt geboten wird.«

»Gut …« Mertens blätterte weiter in der Akte. »Sie haben bisher auch in allen Bereichen hervorragende Arbeit geleistet. Aber ich wollte Sie nur darauf hinweisen, sicher ist sicher, Sie sind noch sehr jung, und in der Jugend ist man ungestüm … nun, auf jeden Fall, ich kann mir keinen besseren Ersatzmann wünschen, mit Ihren Qualifikationen.«

»Danke!«

»Dann besorgen Sie sich einen Anzug und erscheinen heute Abend um 19.00 Uhr wieder hier. Dann erhalten Sie weitere Anweisungen! Ich muss Sie wohl nicht darauf hinweisen, dass Sie mit niemandem über Ihren Einsatz sprechen dürfen! Mit niemandem, verstanden! Nicht mit Ihrem Kollegen, nicht mit Ihrer Großmutter, noch nicht einmal mit Ihrem Kanarienvogel, sollten Sie ein solches Tier besitzen. Es hat Jahre gedauert, die Legende des Kollegen aufzubauen und die Kontakte herzustellen. Ich möchte nicht, dass irgendetwas schief geht! Zu viel hängt davon ab. Menschenleben, Herr Bertollini. Nicht nur Ihres und das des Kollegen.«

»Selbstverständlich! Das ist mir bewusst. Und ich danke Ihnen für Ihr Vertrauen.«

»Das haben Sie sich verdient. Ich habe mit Herrn Lindenmann abgesprochen, dass Sie heute Nachmittag frei haben. Also, fahren Sie nach Hause und bereiten sich vor. Bis später.«

Mario Bertollini kehrte in sein Büro zurück, räumte seinen Schreibtisch auf und fuhr seinen Computer herunter.

»Du gehst schon?«

»Ja …« Mario stand auf und nahm seine Jacke vom Haken. Sein Kollege fragte nicht weiter nach. Er wusste, dass Mario nicht darüber reden durfte.

»Pass auf dich auf!«

»Danke, das werde ich, Ciao!« Die Tür schloss sich hinter ihm.

Mario kehrte in sein Zwei-Zimmer-Appartement im elften Stock zurück. Er zog die Schuhe aus, holte sein Handy aus der Jackentasche, ließ sich auf sein Ledersofa fallen und drückte auf zwei Knöpfe. Eine eingespeicherte Nummer. Das Freizeichen ertönte.

»Luca Bertollini, hallo.«

»Ciao Champ!«

»Ey, hi Cop! Wie geht's? Schon zuhause? Bist du verletzt worden?«

„Nein, warum sollte ich? Ich sitze doch nur den ganzen Tag im Büro am Schreibtisch. Mir geht es prima! Ich habe nur heute Nachmittag frei.«

»Luca, ist das Mario am Telefon? Er wurde verletzt?! Gib ihn mir, sofort! Mario? Was ist passiert?« Der Angesprochene musste grinsen.

»Nichts, Mamma! Du solltest darauf achten, dass Luca weniger von diesen amerikanischen Krimis anschaut. Ich habe nur heute Nachmittag frei, das ist alles. Deshalb rufe ich jetzt schon an.«

»Warum denn das? Warum hast Du Dir freigenommen?«

»Einfach so ... Mamma, es kann sein, dass ich in den nächsten Tagen nicht erreichbar sein werde. Macht euch aber keine Sorgen, ja!«

»Warum denn das? Was hast du vor?«

»Nichts Schlimmes ...« Mario seufzte. Er konnte seine Mutter nicht anlügen. »Mamma, ich darf nicht darüber reden ...«

»Dann ist es etwas Gefährliches.« Mario hörte, wie sie sich auf einen Stuhl fallen ließ. Sie klang plötzlich sehr müde.

»Nein Mamma ... nun ... nicht gefährlicher als eine längere Fahrt auf der Autobahn ... also statistisch gesehen ...« Sie seufzte.

»Ach, mein Junge ... komme mir nicht mit Statistiken ...« Er hörte, dass sie lächelte, doch er ahnte, dass sie das nur ihm zuliebe tat.

»Wie geht es Dir?«, fragte er. Er wollte sie abzulenken.

»Wie soll es mir schon gehen? Ich habe zwei Söhne, die machen, was sie wollen, die ich aber trotzdem gerne habe.« Das brachte Mario zum Lachen.

»So schlimm sind wir doch gar nicht, Mamma.«

»Dein Bruder ist sechzehn, Mario, mitten in der Pubertät. Er kann gar nicht anders als schlimm sein.« Seine Mutter lachte mit ihm. Sie redeten noch ein wenig über Belangloses.

»Versprich mir, dass du dir keine Sorgen machst, Mamma«, sprach er schließlich. »Ich werde mich so oft wie möglich melden. Ciao Mamma.«

»Versprechen kann ich dir das nicht, aber ich werde mir Mühe geben.« Sie lächelte, er konnte es hören. »Ciao carissimo.«

Stundenlanges Stehen im Hintergrund. Aufmerksam bleiben. Mit ihm andere, Fahrer, die gleichzeitig Leibwächter waren. Italiener. Ihre Waffen trugen sie offen sichtbar unter ihren Anzugjacken. Die Rolle, die er gerade selbst spielte. Auch er trug eine Waffe. Wann hatte er zum letzten Mal eine Schießübung durchgeführt? Für seine Schreibtischarbeit in der Abteilung Internationale Koordinierung war das nicht nötig gewesen. Er hatte versucht, immer fit und auf dem Laufenden zu bleiben, was Außendienst und Personenschutz anbelangte. Dennoch hatte er einen seltsamen Druck im Magen, einen Druck, den er als Profi nicht haben dürfte. Andererseits, dieser Druck hielt die dringend benötigte Aufmerksamkeit aufrecht. Der Kollege saß mit drei Männern am Tisch und redete. Drogengeschäfte. Das Treffen dauerte bis tief in die Nacht. Dann endlich konnte er sich auf das Zimmer zurückziehen, das er mit seinem Kollegen teilte. Der ließ sich auf das Bett fallen, atmete tief durch, schloss die Augen. Mario holte sein Handy aus der Tasche und schaltete es ein. Keine Nachrichten auf seiner Mailbox. Eine kurze SMS an Luca.

»Nichts Neues von der Freundin?« Der andere hatte sich ein wenig aufgerichtet und blickte zu ihm herüber. Mario musste lächeln.

»Von der Freundin kann nichts kommen, die gibt es nicht. Aber es kam auch nichts vom kleinen Bruder.«

»Keine Freundin … klar, wie denn auch, bei unserem Job?« Er ließ sich wieder auf das Bett zurückfallen. Mario blickte zu ihm hinüber. Er war sicherlich jenseits der dreißig, wahrscheinlich fast an die Vierzig. Doch er hatte sich gut gehalten. Er erhob sich, ging Mario entgegen und reichte ihm die Hand.

»Holger Maybach« Sie hatten vorhin nicht die Zeit gehabt, sich vorzustellen. Zu schnell hatte Mario in den Fall und seine Aufgaben eingewiesen werden müssen. Sein Händedruck war fest, sein Blick vertrauenerweckend.

»Mario Bertollini«

»Halbitaliener, ja? Mertens hatte angedeutet, dass er versucht, Sie zu bekommen, nachdem mein Kollege ausgefallen ist.« Holger wandte sich dem Fenster zu und blickte hinaus. Mario wagte nicht zu fragen, was mit dem Kollegen geschehen war. Andererseits, konnte es mit dem Fall zu tun haben? Wäre dann nicht Holger Maybach mit aufgeflogen? »Nun, lassen Sie uns unsere Arbeit zu Ende bringen und dann schauen, dass wir ein paar Stunden Schlaf abbekommen.« Maybach wandte sich schließlich wieder um und griff nach seiner Tasche mit dem Laptop. »Morgen wird es wieder spät werden. Unsere italienischen Freunde wollen ein paar Bars hier in der Stadt kennenlernen.« Eine weitere Stunde saßen sie zusammen, arbeiteten an dem Bericht, berieten sich, tauschten sich über die Einschätzungen aus. Dann schloss Holger Maybach den Deckel des Laptops. Morgen! Morgen würden sie weitermachen. Morgen war ein neuer Tag.

»Tut mir leid, wenn ich Sie mit diesen Gorillas alleine lasse muss. Es kann nachher vorkommen, dass die Herren sich amüsieren, während die nur herumsitzen und Wache halten.« Holger Maybach stand vorm Spiegel und band sich die Krawatte um. Mario saß im Sessel und war bereits in seinen Anzug gekleidet, den Schulterholster mit seiner Pistole unter der Jacke. »Setzen Sie sich zu ihnen. Versuchen Sie nicht, ein Gespräch zu beginnen. Manchmal ist ein Schwatzhafter dabei, aber die meisten sind wortkarg und wollen in Ruhe gelassen werden. Reden würde auch zu sehr ablenken.« Er griff nach der Jacke und wandte sich zu Mario um. »Beobachten Sie! Jeder Blick, jede noch so kleine Geste kann wichtig sein. Und mir oder einem der anderen das Leben retten. Ich vertraue auf Sie! Bereit?« Mario nickte.

»Bereit!«

»Gut, dann lassen Sie uns das Spielchen fortsetzen.«

Es kam so, wie Holger Maybach es vorausgesagt hatte. Die Drogenhändler saßen an der Bar, manch einer zog sich mit einer der Damen zurück. Die Fahrer, Leibwächter oder was auch immer sie waren, saßen zusammen an einem Tisch, schwiegen, beobachteten. Sich gegenseitig und die anderen Gäste. Vor allem, sich gegenseitig. Keiner traute dem anderen. Lässig hingen sie in den Sesseln, doch Mario wusste, dass sie angespannt waren, aufmerksam bis in den letzten kleinen Nerv. Ihre Waffen trugen sie heute nicht so offensichtlich herum wie gestern. Doch sie waren da, versteckt unter den Jacken feiner Anzüge, genau wie seine auch. Mario saß zwischen ihnen. Sein Leben hinge von ihm, Mario, ab, hatte Holger Maybach vorhin gesagt. Der Gedanke durfte ihm keine Angst machen. Und doch ließ sich dieses ungute Gefühl im Magen nicht vertreiben. Noch nie hatte er mit einem Partner zusammengearbeitet, in seiner Laufbahn. Noch nie war ihm die Verantwortung für den anderen so deutlich bewusst geworden. Holger Maybach stand an der Bar, lachte über schlechte Scherze, ließ sich eine Runde nach der anderen bezahlen. Doch er trank langsam, darauf bedacht, nüchtern zu bleiben, auch wenn er sich anders gab, das entging Mario nicht. Er selbst trank nur alkoholfreie Cocktails. Gedämpftes Licht, Table-Tänzerinnen, rote Plüschmöbel, Männer jeden Alters, die von leicht gekleideten Damen eingeladen wurden, ihnen zu folgen. Mario und die Gorillas, die mit ihm am Tisch saßen, hatten sie bisher in Ruhe gelassen. Er durfte sie nicht zu sehr anstarren, durfte nicht ihre Aufmerksamkeit auf sich ziehen. Sein Blick wanderte zurück zu Holger Maybach und den Männern, mit denen sein Kollege hier war. Drogendealer, die ihr Geld waschen wollten, hatte ihm Maybach erklärt. Zwei von ihnen waren aus Italien gekommen, aus Neapel. Einer lebte hier, bestens vertraut mit den örtlichen Gegebenheiten. Er hatte den Kontakt zu dem angeblichen sauberen Geschäftsmann Maybach hergestellt. Er kannte sich aus im Milieu, wusste um die Konkurrenz der Russen-Mafia. Und das machte ihn besonders gefährlich. Ein Blitzen riss Mario aus seinen Gedanken, ein Blitzen, das er nur aus den Augenwinkeln heraus wahrnahm. Der Mann neben ihm, er hatte sich ein wenig Tomatensaft auf der Hose verschüttet und ein Taschentuch in der Tasche seines Anzugs gesucht. Für einen kurzen Augenblick war seine Waffe zu sehen gewesen. Die anderen am Tisch wandten sich wieder von ihm ab, als er den Saft so gut wie möglich von der Hose wischte. Dann steckte er das Taschentuch wieder ein. Dann hielt er plötzlich seine

Waffe in der Hand. Sprang auf. Mario reagierte instinktiv. Schlug den Arm des anderen nach oben. Ein Schuss löste sich. Die Birne eines der Kronleuchter zersprang. Schreie! Flüche! Die anderen am Tisch reagierten, halfen Mario, entwaffneten den Schützen. Mario atmete heftig. Eine Hand auf seiner Schulter. Er blickte auf. Holger Maybach.

Holgers Geschäftsfreunde waren ebenfalls herbeigeeilt.

»Wir sollten gehen, wir müssen dringend etwas besprechen!«, sprach einer. Er blickte den Schützen durchdringend an. Der hatte Schweiß auf der Stirn, zitterte.

»Meine Herren, sie können doch nicht einfach gehen!« Der Chef des Etablissements eilte auf sie zu. »Ich habe die Polizei verständigt, sie wird gleich eintreffen.«

»Aber, aber, das war ein Scherz, ein kleiner Zwist. Da brauchen wir doch nicht gleich die Polizei.« Einer der Italiener zückte seine Brieftasche. »Wir werden natürlich für den Schaden aufkommen.« Er zog einen Hunderter heraus. Kurz zögerte der Barbesitzer, dann griff er zu. Sie nahmen den Schützen in die Mitte, als sie die Bar verließen.

Schläge, Schreie. Sie waren zu einem verlassenen Industriegelände gefahren. Der Schütze lag vor ihnen, im Scheinwerferlicht der Autos, gekrümmt vor Schmerzen.

»Wen wolltest du ermorden? Wer war dein Auftraggeber?« Immer wieder Fußtritte. Er schrie, er heulte, hustete, spuckte Blut. Doch er schwieg.

Mario hielt sich im Hintergrund. Er versuchte, nicht zu entsetzt zu wirken, sich nicht vor den anderen zu blamieren. Doch ihm war übel. Einige Male fühlte er Holger Maybachs Blick auf sich ruhen. Er sah zu ihm hin. ‚Ich werde durchhalten!' versuchte er ihm mit seinem Blick zu sagen. ‚Ich werde es schon schaffen, auch wenn uns auf der Hochschule niemand auf so etwas vorbereitet hat. Wenn es etwas völlig anderes ist, so etwas tatsächlich miterleben zu müssen, als es nur in der Theorie zu hören.'

Sie fuhren schließlich zurück zum Hotel.

»Sie werden als Held angesehen.«

»Ja?« Mario versuchte, sich auf den Verkehr zu konzentrieren. »Ich fühle mich nicht so …«

»Das kann ich mir denken. Beim ersten Mal ist es besonders schwer. Es klingt hart, aber man gewöhnt sich daran. Man muss sich gewöhnen, sonst überlebt man nicht lange.«

»Bekommen wir die wenigstens wegen Mordes dran?«

»Noch nicht … noch fehlen uns Hintermänner.«

»Was? Wir lassen die weiter frei herumlaufen?«

»Uns wird nichts anderes übrig bleiben. Aber jetzt sollten wir erst einmal schlafen. Den Bericht können wir morgen schreiben.« Mario war überzeugt davon, dass er nicht würde schlafen können. Aber sobald er Jacke und Holster auf dem Sessel abgelegt und sich auf das Bett fallen gelassen hatte, schlief er ein.

Eine Wand aus Feuer, ein brennendes italienisches Restaurant. Ein kleiner Junge, acht, neun Jahre alt, starrte darauf. Dahinter Stimmen, Flüche, in Italienisch und Deutsch.

»Das ist mein Sohn! Genauso wie deiner! Ich habe das gleiche Recht, ihn bei mir zu haben. Und du bist meine Frau!«

»Dann komme mit mir! Komm mit mir nach Deutschland! Wenn dir auch nur ein klein wenig an deinem Sohn liegt … ich jedenfalls bleibe keinen Tag länger hier, in diesem Land! Ich gehe!«

»Carissima – bitte bleibe. Es kommt alles wieder in Ordnung …«

»Was soll in Ordnung kommen? Heute ist es das Restaurant! Morgen entführen die vielleicht Mario. Oder töten ihn sogar. Ich halte das nicht mehr aus.«

»Aber wir sind doch eine Familie – wir stehen das zusammen durch - und wenn dann das andere Bambino da ist …«

»Genau! Ich bin schwanger! Ich werde noch ein Kind bekommen! Aber nicht in diesem Land! Ich gehe – ob du nun mitgehst oder nicht.«

»Aber wo willst du denn hin?«

»Zuerst zu meinen Eltern. Und dann werde ich sehen … ich schaffe es auch alleine …«

»Carissima … bitte …«

Mamma, die Kleider in einen Koffer stopfte, Papá, in einem Stuhl zusammengesunken, mit Tränen in den Augen. Papá … das Knistern des Feuers … das Leuten eines Telefons. Eine Stimme, fremd. Und doch irgendwie vertraut. Eine Hand auf seiner Schulter, die ihn rüttelte.

»Herr Bertollini, wachen Sie auf.« Langsam schlug er die Augen auf.

»Was … wo bin ich?« Nur langsam erinnerte er sich.

»Guten Morgen, Herr Bertollini.«

»Morgen, Herr Maybach …« Mario richtete sich auf und schlug die Hände vors Gesicht. Lange hatte er nicht mehr von jener Nacht geträumt. Früher, ja, da hatte ihn das Feuer fast jede Nacht verfolgt. Auch wenn er es selbst nie in Wirklichkeit gesehen hatte. Nur die zerbrochene Fensterscheiben, die Schwärze dahintter, die Brandspuren an der Hauswand. Aus dem Bus heraus, in dem er mit seiner Mutter saß, zum Bahnhof fuhr, um Italien für immer zu verlassen. Irgendwann, irgendwann würde er zurückkehren.

»Herr Bertollini, alles in Ordnung?« Er sah auf.

»Ja, ich bin okay …«

»Gut … wir sollten uns Frühstück aufs Zimmer bringen lassen und an unserem Bericht weiterarbeiten. Zum Mittagessen sind wir bereits wieder verabredet. Wenn Sie möchten, gehe ich zuerst ins Bad, dann können Sie sich noch ein wenig ausruhen. Aber nicht wieder einschlafen.« Holger Maybach konnte sogar lächeln. Mario lächelte ebenfalls. Er ließ sich zurück in die Kissen fallen. Noch einmal kurz die Augen schließen … Was Mamma wohl gerade machte? Luca war hoffentlich in der Schule. Er streckte sich, griff nach seiner Jacke und zog das Handy daraus hervor. Eine Nachricht auf der Mailbox.

‚Mario? Wenn du das hörst, dann melde dich bitte! Mami, sie hatte einen Unfall … bitte melde dich, bitte!' Lucas Stimme. Klang sein Bruder verzweifelt?

»Was möchten Sie zum Frühstück? Ich bestelle dann schon mal, während Sie im Bad sind.« Mario nickte, schälte sich aus den Decken. Er stand auf und schaltete das Handy aus. Später, hoffentlich konnte er später zuhause anrufen. Jetzt erst einmal unter die Dusche, möglichst kalt. Die Erinnerung an die Dämonen der letzten Nacht, die Schwere des Traums abwaschen.

Franco Morelli, der Mittelsmann, saß mit ihnen am Tisch des vornehmen italienischen Restaurants. Mario bestellte sich nur Antipasti und Pasta, während sich Morelli ein Vier-Gänge-Menü zum Mittagessen schmecken ließ. Verhandlungen, stundenlang. Dann zurück ins Hotel. Holger Maybach ließ sich auf das Bett fallen und lachte.

»Bald haben wir sie, bald! All die Monate … und bald am Ziel!« Mario freute sich mit ihm. Er setzte sich in den Sessel und lehnte sich zurück. Holger sprang auf, fuhr seinen Laptop hoch. »Wir müssen noch diesen Bericht fertig schreiben. Und dann den von heute … ich bin übrigens Holger.«

»Mario« Sie drückten sich fest die Hand.

»Prima – das Anstoßen darauf müssen wir auf heute Abend verschieben. Jetzt müssen wir noch ein wenig arbeiten.« Mario nickte und zog einen Stuhl an den Tisch, an dem Holger schon saß. Kurz dachte er an Mamma und Luca. Sein kleiner Bruder war jetzt sicher vom Nachmittagsunterricht zurück. Was für einen Unfall Mamma wohl gehabt hatte? Doch dann konzentrierte er sich darauf, Holger zu helfen und vergaß den Anruf. Dann war es Zeit, sich für das Abendessen fertig zu machen.

»Keine Angst, heute wird es nicht so turbulent wie gestern. Lediglich Morelli will nachher noch an der Bar vorbeikommen. Wir können uns also auch einmal ein Gläschen gönnen. Und für morgen ist ein Treffen mit Luigi Greco geplant! Endlich haben wir ihn! Endlich haben wir diesen sauberen Geschäftsmann an der Angel.« Holger hatte noch immer nicht aufgehört, sich zu freuen.

Es wurde mehr als ein Gläschen. Holger und Mario verstanden sich prächtig. Und Morelli war ein gar nicht so übler Typ, wenn man davon absah, dass er sein Vermögen als Vermittler von Geldwäschegeschäften angehäuft hatte. Es war schon nach eins, als sie zurück ins Hotelzimmer gingen. Marios Handy, es lag auf dem Nachttisch, ausgeschaltet. Er hatte das Gefühl, als würde es ihn vorwurfsvoll anstarren. Während Holger im Bad war, hörte er die Mailbox ab. Oma Gerda.

»Mario! Wann immer du das hörst, ruf zurück. Sofort! Oder komme am besten gleich nach Hause. Nichts kann so wichtig sein wie deine Mutter!« Er ließ sich zurück in die Kissen fallen. Dieser Champagner ... in diesem Zustand konnte er auf keinen Fall nach Klein-Meckendorf zu Oma fahren. Und anrufen, um diese Uhrzeit? Morgen dann ...

Sie schliefen beide lange, am nächsten Morgen. Viel zu lange. Gerade noch schafften sie es in den Frühstücksraum. Eine Viertel Stunde später und das Buffet wäre abgeräumt gewesen. Doch sie waren guter Stimmung. Heute Abend, wenn alles gut ging, war es heute Abend endlich soweit. Sie hätten Luigi Greco endlich überführt. Luigi Greco und Franco Morelli, diese sauberen Geschäftsleute, denen man bisher nichts hatte nachweisen können. Und Mario war stolz darauf, seinen Beitrag zu leisten. Zurück im Zimmer machte sich Holger Maybach daran, den Einsatz heute Abend mit seinem Vorgesetzten zu besprechen. Marios Handy starrte ihn an. Er schaltete es ein.

»Mario, melde dich doch endlich, bitte!« Luca hatte geheult, das war nicht zu überhören. Was war zuhause nur los? Holger telefonierte noch immer. Mario blickte zu ihm hin, zog sich dann ins Bad zurück. Luca war noch in der Schule, aber Oma Gerda.

»Hallo?«

»Hallo Oma … ich bin es, Mario – was ist denn so dringend?«

»Mario – oh – dem Himmel sei Dank! Du musst sofort kommen, deine Mutter …« Sie begann zu schluchzen, war nicht mehr fähig, weiterzureden.

»Was ist mit Mamma?«

»Sie ist gestorben … gestern Abend … im Krankenhaus … nach diesem schrecklichen Autounfall.«

»Was?!« Mario sank zu Boden, lehnte sich an die gefliese Wand.

»Warum hast du dich nicht gemeldet? Sie hätte dich so gerne noch einmal gesehen … Mario, komm nach Hause, es gibt noch so viel zu regeln.« Mario schloss die Augen. Der Einsatz, Holger, der über ein Jahr seines Lebens investiert hatte, Luigi Greco, Franco Mortelli ... der Fall, der kurz vor der Auflösung stand.

»Ich kann nicht ... jedenfalls nicht sofort ... ich ... ich kann es dir nicht erklären, ich darf nicht darüber reden ... es tut mir leid, es tut mir so leid ...«

»Was? Aber das kannst du doch nicht machen?«

»Oma Gerda ... es tut mir wirklich leid ... ich komme so schnell wie möglich, aber ich kann nicht sofort.«

»Mario – willst du wirklich deinen Bruder alleine lassen? In dieser schwierigen Situation. Willst du nicht einmal zur Beerdigung deiner eigenen Mutter kommen?«

»Doch ... natürlich ... aber ... Oma Gerda, ich melde mich wieder ... ich muss darüber nachdenken ... mich absprechen ...« Er legte auf, barg seinen Kopf in seinen Händen. Mamma tot? Das konnte doch nicht sein? Unmöglich ... das war ganz unmöglich ... Holger betrat das Bad.

»Mario, was ist denn los?« Der Angesprochene blickte auf.

»Meine Mutter ... ich habe gerade mit meiner Großmutter gesprochen ... sie hatte einen Unfall ... einen ...« Er schaffte es nicht, das Unfassbare auszusprechen. Holger ließ sich auf den Toilettendeckel nieder, beugte sich vor, zu Mario hin.

»Einen tödlichen?« Mario konnte nur nicken.

»Fuck!« Mario erwiderte nichts. »Kann ich ... irgendetwas für dich tun?«

»Nein ... ich muss das erst selbst auf die Reihe bekommen ...«

»Schaffst du es bis heute Abend?«

»Ich muss ...«

»Ich könnte einen anderen anfordern, wenn es nötig ist, wenn du nach Hause möchtest. Ich würde es verstehen. Aber es wäre wichtig, hilfreich, wenn du bleiben würdest. Ein so entscheidendes Treffen ... und einen Neuen einlernen müssen ... außerdem wäre es auffällig, wenn ich schon wieder einen neuen Fahrer hätte ...«

»Ich weiß, und ich werde das auch durchziehen ...«

»Okay … du sagst Bescheid, wenn du was brauchst, ja. Soll ich bei dir bleiben oder möchtest du alleine sein?«

»Nein, ist schon okay, lass mich einfach ein wenig hier sitzen.«

»Gut, ich bin im Zimmer, wenn du etwas brauchst.«

»Danke!«

Er musste professionell bleiben. Und er schaffte es. Mit Pokergesicht vorfahren, Holger Maybach die Tür öffnen, ihn in das Restaurant begleiten, sich neben ihn setzen, keinen der anderen aus den Augen lassen. Warum trafen sich die größten Ganoven immer in den vornehmsten Restaurants?

Franco Morelli stand auf, als der Ober sie an den Tisch führte.

»Herr Maybach, darf ich vorstellen: Luigi Greco.« Die beiden Männer nickten sich zur Begrüßung zu. »Wir haben noch nicht bestellt, wollten warten, bis alle da sind. Daniele ist noch nicht angekommen.« Holger blickte auf seine Uhr. Mario wusste, dass es nicht zu spät werden durfte.

»Sehr gerne«, antwortete Holger jedoch. »Aber vielleicht können wir schon einmal damit beginnen, das Geschäftliche zu besprechen.«

»Sie haben es aber eilig, kommen gleich zur Sache!« Luigi lachte breit. »Das gefällt mir.« Er rief nach einem Ober. »Eine Flasche Champagner bitte. Und Gläser für mich und meine Freunde.«

»Für mich bitte nicht. Ich muss noch fahren.« Mario lehnte ab, als Luigi ihn einschenken wollte.

»Deutsche Gründlichkeit, was! Ach, kommen Sie, ein Gläschen geht …Sie sind doch der Held, von dem mein Freund Daniele erzählt hat, nicht wahr? Ein Glas für den Lebensretter, ich bestehe darauf!« Mario fing Holgers Blick auf.

»Na gut …« Sie tranken langsam, sehr langsam. Daniele Batista kam endlich, sie bestellten und aßen. Auch Mario sah öfter auf die Uhr. Er wusste, dass noch mehr Beamte hier im Restaurant waren, wusste, dass sie beobachtet wurden.

Holger trug ein winziges Mikrophon unter seiner Anzugjacke.

Carpaccio vom Rind, Salat mit Garnelen, Pinienkernen und Rucola, Ravioli mit Käse-Spinat-Füllung, Involtini, Panna Cotta an Pfeffer-Erdbeeren. Warum musste er gerade heute Abend an das Restaurant seines Vaters erinnert werden? Holger Maybach verhandelte mit den andern. Eine Frage der Zeit, bis Luigi Greco seine Unterschrift unter das Dokument setzen würde. Das Dokument, das ihn überführen würde, endgültig.

Luigi Greco schloss den goldenen Füller, lachte und bestellte noch eine Flasche Champagner, füllte die Gläser neu, stieß an, trank. Es sollte sein letztes Glas Champagner für lange Zeit sein.

Zwei Männer traten an ihn heran, legten ihre Hände auf seine Schultern.

»Signor Greco, bitte begleiten Sie uns. Bleiben Sie ganz ruhig, Sie und Ihre Begleiter haben keine Chance zu entkommen. Sie sind umstellt.«

»Was?!« Sie standen alle auf, auf manch einem Gesicht zeichnete sich Erstaunen und Erschrecken ab. Luigi sah sich um. Sein Blick blieb an Holger Maybach hängen. »Sie …« Er griff mit einer raschen Bewegung nach dem Vertrag, hielt ihn über die Kerze. Holger schlug die Hand weg. Luigis Fahrer, keiner hatte auf ihn geachtet. Er hatte eine Waffe gezogen, drückte ab. Mario stieß Holger zur Seite. Ein Peitschenhieb streifte seinen Arm, kalt, eisig, ließ ein Brennen zurück. Kurz wankte er, klammerte sich am Tisch fest. Starke Arme hielten ihn.

»Mario? Alles in Ordnung?« Holgers Stimme. Er führte ihn weg vom Tisch, hinaus ins Freie. Setzte sich neben ihn auf einen der Stühle im Garten. »Alles in Ordnung?«, wiederholte er.

»Ja, ja, nur ein Kratzer … was ist … sind sie alle verhaftet?«

»Ja … mache dir darüber keine Gedanken.«

»Es geht mir schon besser.« Mario stand auf.

»Danke Mario! Danke, dass du auf mich aufgepasst hast.« Holger lachte. Mario stimmte mit ein. Die Anspannung, endlich fiel sie ab.

»Wie geht es Ihnen, Herr Bertollini?«

»Herr Mertens …«

»Zeigen Sie Ihren Arm …«

»Nur ein Kratzer …«

»Trotzdem, das muss behandelt werden. Wie soll ich das Lindenmann erklären? Einmal ausgeliehen und schon verletzt.«

»Was hätte ich denn machen sollen? Ich musste doch …« Mario stand auf. Plötzlich drehte sich alles. Er klammerte sich an Holger fest.

»Komm, ich fahre dich in die nächste Notaufnahme.« Mertens wollte widersprechen, wollte ihn an den abschließenden Bericht erinnern. Doch dann nickte er.

»Herr Mertens« Mario fiel noch etwas ein. »können Sie mit Herrn Lindemann sprechen? Ich brauche Urlaub, ab sofort.«

»Sie brauchen jetzt erst einmal einen Arzt, der sie wahrscheinlich krank schreiben wird. Danach können wir weitersehen.«

»Bitte, Herr Mertens. Ich werde ihn selbst noch anrufen. Aber ich muss nach Hause.« Mertens nickte schließlich.

»Gut, ich werde mich darum kümmern«, sprach er beruhigend auf ihn ein. »Aber jetzt fahren Sie los!«

Holger ließ Mario nicht allein,

»Danke!«, sprach er noch einmal. »Danke, dass du mich gerettet hast. Schade, dass wir nicht dauerhaft zusammenarbeiten können. Aber vielleicht wird bald eine Stelle frei und du kannst dich bei uns bewerben. Sasse geht bald in Rente … und vielleicht kann Mertens da was drehen. Oder noch eine Planstelle aushandeln …«

»Ja … das wäre schön …« Mario lehnte den Kopf gegen die Wand und schloss die Augen. »Das habe ich mir immer gewünscht … was ist mit dem Partner, den du hattest?«

»Der hat die Nerven verloren … nächtelang nicht geschlafen, und wenn, dann Alpträume. Er konnte nicht mehr weiter-machen, ist im Moment wohl krank geschrieben und wird wohl nur noch im Innendienst arbeiten können. Ich mache ihm keinen Vorwurf, aber du weißt ja, wie das ist. Solange das nicht vollständig geklärt ist, bleibt er auf dem Papier auf der Stelle und sie wird nicht neu besetzt. Und bis da alle Therapien und Rehas durchlaufen sind …da ist schnell ein Jahr vorbei. Deshalb … ich werde mit Mertens reden, wegen einer weiteren Stelle. Soll er sich mal stark machen.« Eine Schwester kam und schnitt Marios Hemd auf.

»Nur ein Streifschuss, Herr Kommissar, das wird bald wieder. Aber nähen müssen wir …Moment, gleich gebe ich Ihnen eine Spritze.« Mario hörte nicht auf das, was die Schwester erzählte. Eine Stelle als verdeckter Ermittler für ihn? Luca wartete sicher schon völlig verzweifelt auf ihn. Was würde aus ihm werden? Er war erst sechzehn. In ein Heim? Das würde Mario nicht zulassen. Zu Oma Gerda nach Klein-Meckendorf? Nein, das war zu weit draußen, Luca wäre stundenlang unterwegs zur Schule. Außer-dem, er würde eingehen vor Langweile, in diesem Kuhdorf, wie er es immer nannte. Ihn hierher holen? Im Moment wäre das wohl das Beste. Oder nicht? So kurz, bevor er in die Oberstufe kam? Aber das würde bedeuten, dass er zu Luca ziehen musste, einen Tauschpartner finden. Sein Leben hier auf-geben, seine Karriere. Er zuckte zusammen, als die Schwester ihm eine Spritze in den Arm stach.

»Ich finde es echt bewundernswert, wie du das durchgezogen hast, nachdem du heute die Nachricht von deiner Mutter erhalten hast.«

»Mamma … ja …« Mamma – plötzlich fing Mario an zu schluchzen wie ein kleiner Junge.

# ENDE DER GESCHICHTE

Ich hoffe, sie hat euch, liebe Leser, gefallen.

Wer mehr über mich erfahren möchte, ihr findet mich bei Facebook (die aktuellste Quelle über mich), Instagram, auf meiner Amazon-Autorenseite und unter

**www.Monja-Schneider.de**